Conan el Bárbaro: Segunda Parte

Erika Sanders

Serie
Conan el Bárbaro Vol. 5 al 8

Imagen portada: @ katalinks, 2023

Primera edición: 2023

Sinopsis

Conozca a las mujeres en la vida de Conan como nunca antes le habían contado...

Después de las nuevas aventuras y los nuevos triunfos, Conan y su grupo regresan a la ciudad donde es ahora su hogar, Tarantia.

El regreso ¿hará que echen de menos las aventuras? o ¿será mejor de lo esperado?

Esta publicación contiene los volúmenes del 5 al 8:
5 - Yasimina
6 - Zula
7 - Cassandra
8 - Adriana
Nueva serie basada en las obras de Robert E. Howard.

(Todos los personajes tienen 18 años o más)

Nota sobre la autora:

Erika Sanders es una conocida escritora a nivel internacional, traducida a más de veinte idiomas, que firma sus escritos más eróticos, alejados de su prosa habitual, con su nombre de soltera.

Índice:

CONAN EL BÁRBARO
SEGUNDA PARTE
ERIKA SANDERS

CAPÍTULO V
YASIMINA

La tienda era moderadamente grande, pero aún estaba dominada por muchos de los otros edificios del vecindario.

Las agujas y cúpulas de los templos cercanos se alzaban sobre los techos cercanos, dando a este barrio su carácter distintivo.

Incluso las calles estaban relativamente tranquilas, al menos cuando los servicios de adoración no estaban comenzando o terminando.

Este edificio, entonces, aunque era mejor que muchos otros en la ciudad, parecía casi anodino aquí, sus lisos muros de piedra y su letrero decorativo no eran más impresionantes que muchos otros en la calle.

Conan y Yasimina estaban aquí para abastecerse de suministros antes de su próxima incursión en el desierto.

No había una gran urgencia, ya que no tenían planes de salir nuevamente al menos por un par de meses, pero uno nunca sabía cuándo los suministros serían útiles, incluso aquí en la ciudad.

La tienda, por supuesto, dada la vecindad, estaba especializada en bienes religiosos.

Este era, principalmente, el campo de experiencia de Lady Yasimina, pero aun así era útil que otro miembro del grupo estuviera presente.

De hecho, aunque él ya había pasado por la tienda antes, en visitas anteriores a esta ocasión, nunca había estado dentro.

Yasimina, al parecer, era una habitual, por lo que claramente tenía sentido para él dejar que la dama hablara.

En el interior, la tienda parecía un poco menos discreta de lo que era en la calle.

Una variedad de símbolos sagrados decoraban las paredes, y el largo mostrador contenía una serie de artículos variados, haciendo que el lugar se pareciera tanto a una tienda de antigüedades como a cualquier otra cosa.

Había ruedas de oración, porta inciensos, frascos decorados y algunos artículos cuya función Conan solo podía adivinar.

Evidentemente, pensó, no había asistido a una amplia gama de servicios religiosos.

Al menos podía reconocer la mayoría de los símbolos en la pared ...

El hombre detrás del mostrador era de mediana edad y bien vestido con una túnica azul marino.

Saludó a Yasimina como si fuera una vieja amiga, y luego dijo a través de la puerta trasera a la habitación que tenían clientes; al parecer, tenía un dependiente trabajando en la parte de atrás.

"¿Qué puedo hacer por ti hoy, mi señora?" Preguntó, volviéndose hacia la dama.

"Estaba buscando un poco de agua bendita", respondió ella, "usamos todo nuestro suministro en el último viaje y necesitaremos un poco más. Y algunas de tus pociones curativas, por supuesto".

"Ciertamente ..." dijo el comerciante, pero la atención de Conan se distrajo de la siguiente parte de la conversación cuando llegó el asistente de la tienda.

Que no era el sino ella.

Era una mujer joven, tal vez la hija del tendero, probablemente no mayor de dieciséis o diecisiete años.

Su cabello negro estaba recogido en una cola de caballo con un simple cierre plateado, y los vivos ojos verdes se movían entre los dos clientes; Conan sintió que se demoraban más en él, pero tal vez solo porque era un nuevo visitante.

Su tez era suave y más pálida que la del comerciante, con grandes labios rojos y una boca muy sensual.

Sin ningún pudor, e ignorando el ambiente religioso que la tienda debería haber estado provocando, los ojos del guerrero pasearon por el cuerpo de la joven, evaluando su figura.

Llevaba un vestido verde oscuro, el escote recortado justo debajo de su cuello y las mangas largas en las muñecas; el mostrador ocultaba sus faldas, pero él pensaba que serían largas y poco reveladoras.

Sin embargo, a pesar de eso, el vestido no pudo ocultar la forma de su cuerpo.

Tenía una cintura estrecha, una faja atada alrededor de ella con el símbolo de la diosa del corazón, y sus brazos eran igualmente delgados.

Sin embargo, donde la vestimenta había fallado principalmente, era en disfrazar la forma de sus pechos.

Eran altos y firmes, grandes en comparación con el ancho de su cintura; solo una ropa más holgada y amplia podría haber ocultado ese hecho.

En general, sintió Conan, ella estaba desperdiciándose en la religión, y él hubiera preferido mucho más verla con algo un poco más revelador.

Él prestó su atención de nuevo al asunto en cuestión.

El tendero estaba preparando una gama de botellas, y él y Yasimina estaban discutiendo los precios de varias opciones.

Por lo que él sabía, la dama no tendría ninguna dificultad en adquirir agua bendita bendecida por los sacerdotes de Ymir, su deidad predilecta, y el dios del honor y la virtud marcial, en el templo.

Pero a veces, una variedad de alternativas era útil, y siempre había que considerar las pociones curativas, junto con cualquier otro elemento de religión que pudiera haber.

Después de todo, había varios dioses, y supuso que era prudente mantener a todos satisfechos siempre que fuera posible.

Pero, mientras que las pociones curativas eran ciertamente de interés, tenía que admitir que solo dos de los dioses podían reclamar recibir oraciones u ofrendas de él ... que eran Crom en la batalla y, solo Muriela, diosa del amor, era probablemente la que lo hiciera estar verdaderamente satisfecho en la paz.

Un pensamiento lo golpeó de repente y, viendo que el tendero estaba ocupado, se volvió hacia la asistente.

"Me pregunto si tienes algunos pequeños símbolos sagrados" él le preguntó a ella, "alguna especie de colgante, tal vez, no especialmente uno de los grandes. ¿Algo solo como decorativo?"

"Por supuesto", respondió ella, "tenemos una amplia gama de joyas religiosas".

"¿Qué tal uno para la diosa Muriela?"

Ella era un miembro muy venerado del panteón de dioses; después de todo, era tratada cortésmente por los otros templos, incluso si a veces se mantenían a distancia.

El amor era una parte importante y positiva del mundo, una fuerza esencial en el universo, algo que los otros dioses no querían ni podían negar.

Aunque sospechaba que se trataba principalmente de los sacerdotes de algunos de los templos más religiosos que desconfiaban un poco de sus implicaciones físicas, incluso éstos alababan conceptos como el romance y el matrimonio.

Los ojos de la muchachita se ensancharon ligeramente, pero su boca se torció ligeramente en una sonrisa.

Al menos no la había ofendido.

"Sí, los hacemos", dijo, "puedo buscar algo del almacén, si lo desea".

Se dio media vuelta, luego se detuvo, como si estuviera reflexionando sobre algo, y luego se dio la vuelta.

"De hecho, podría ser más fácil si vinieras conmigo, y puedas elegir algo".

Percibió un ligero rubor en sus mejillas, y se preguntó qué significaba.

Tal vez solo estaba un poco avergonzada por el recuerdo de esa deidad en particular ... o tal vez era algo más.

"¿Por qué no?" Él le dijo, mirando hacia Lady Yasimina.

Evidentemente, ella había escuchado algo de la conversación, y asintió con la cabeza, antes de volverse hacia el conjunto de botellas que tenía delante.

Prefirió pensar que vio una sonrisa divertida e indulgente en su rostro mientras lo hacía.

No podía estar seguro de por qué, ya no había muchas cosas que pudieran suceder en el corto tiempo que probablemente estarían en la tienda y mucho menos en una tienda de este tipo.

"Soy Jehnna, por cierto", dijo la asistente mientras le mostraba la parte posterior de la tienda, "¿y tú eres?"

"Conan. Soy un guerrero".

"Eso explica por qué no te he visto antes. Pasas más tiempo en el barrio de los gladiadores, ¿supongo?"

"Sí, supongo que sí", admitió. Ciertamente, había estado allí justo ayer, visitando a sus compañeros de armas y su local de entrenamiento. "¿Es este un negocio familiar, entonces?"

"No, Dellos es solo un amigo de mi padre, pero he estado trabajando aquí durante casi dos años. Todavía vivo con mi familia, pero están fuera en este momento, así que tengo la casa para mí sola".

Él asintió, sin estar seguro de qué decir a eso.

Caminando justo detrás de ella, notó la curva agradable de sus caderas.

Como había esperado, su falda era larga, el dobladillo justo por encima de sus tobillos y sus botas de cuero suave ocultaban incluso la piel de aquellos.

Aun así, la forma de su cuerpo era atractiva, y él tuvo que devolver por la fuerza sus pensamientos a la compra.

Jehnna alcanzó una puerta reforzada en la parte posterior del taller y la abrió, revelando un espacio de almacenamiento estrecho más allá.

La habitación era de piedra, como el resto del edificio, bordeada por estantes de madera a un lado que llegaban hasta el techo.

Los estantes estaban apilados con cajas y artículos diversos, y sobresalían lo suficiente como para dejar poco espacio entre ellos y la pared del fondo.

"Déjame pensar ..." dijo ella, "creo que están en uno de los estantes superiores".

Se subió a una escalera que se movía en corredores a lo largo de los estantes y levantó una pierna en uno de los peldaños.

Mientras lo hacía, la falda se levantó y ella, aparentemente distraída, se la enganchó aún más para liberar su movimiento.

Se deslizó hacia atrás sobre su rodilla levantada, revelando que sus botas tenían la longitud de la pantorrilla, pero también mostrando un poco de piel desnuda de la rodilla y de la parte inferior del muslo.

Sus piernas eran delgadas y bien formadas, al igual que el resto de su cuerpo, la piel pálida, salvo por un pequeño lunar que ahora podía ver en la parte interna de su muslo.

Conan tragó saliva, pero esta vez no apartó los ojos.

"¿Ves algo que te guste?" Preguntó, y ahora él estaba casi seguro de que ella estaba bromeando, ya que aún no le había mostrado ninguna joya.

"Tal vez", dijo, sin comprometerse.

Quizás si Jehnna no tenía el compromiso religioso que sus padres aparentemente pensaron ... esto podría ser interesante.

"No sé mucho sobre Muriela", dijo ella, aparentemente todavía buscando en las cajas, "¿qué haces en tus servicios de adoración?"

Se resistió a la tentación de responder que no era lo que ella podría pensar.

"No es tan diferente de las otras deidades en realidad", dijo, "damos gracias por la generosidad de la diosa, hacemos sacrificios por artículos hermosos. Pasan agua de rosas para la purificación, ese tipo de cosas".

Por supuesto, las reuniones sociales que a veces siguen a los servicios podrían ser un asunto diferente, pensó en silencio, mientras sus ojos aún bebían la forma de sus piernas y su cuerpo.

"Crees en el amor para todo el mundo, ¿no? Eso es un poco extraño para un aventurero ... ¿o no estás con Lady Yasimina?"

"La diosa enseña que el amor es el vínculo que mantiene unido al universo, sí. Y Lady Yasimina es una colega mía, pero no es una adoradora. No va bien con ser una dama, supongo. Las damas aman el poder de Bien, y tienen un amor por sus comunidades, pero lo canalizan en direcciones diferentes a las de los seguidores de Muriela ".

Él no respondió a su otra pregunta; la verdad era que era parte de su identidad, no en contradicción con su carrera aventurera, pero tampoco lo ayudaba realmente mucho en esa faceta.

No tenía las inclinaciones pacifistas necesarias para unirse al sacerdocio de la diosa.

"¿Y qué direcciones son esas?" preguntó, mientras levantaba una caja de uno de los estantes más altos y regresaba al piso, con la falda cayendo alrededor de sus tobillos de nuevo mientras lo hacía.

Conan no respondió de inmediato, pensando en cómo encuadrar su respuesta.

¿Estaba ella coqueteando con él, o las preguntas eran realmente inocentes?

Si, como parecía probable, realmente era lo primero, ¿qué tan contundente podría permitirse su respuesta?

Afortunadamente, había muchos aspectos de la diosa.

"Creemos en el amor romántico, antes que nada. Promovemos el matrimonio, por supuesto, siempre que sea por amor, no por dinero o progreso social. Pero no buscamos restringir el amor entre personas, y puede haber muchas maneras de lograrlo respondiendo tu pregunta ".

Extendió la caja y la abrió para mostrar una serie de pequeños colgantes, amuletos y brazaletes, todos decorados con el símbolo de la diosa.

La mayoría de ellos estaban claramente destinados a mujeres, para ser usados como artículos de joyería, pero pronto seleccionó una pequeña pieza de plata en una fina cadena.

Mientras lo sostenía, añadió un comentario final, en caso de que ella tuviera una idea equivocada.

"El consentimiento mutuo está en el corazón de todo lo que hacemos, por supuesto. Sin eso, no es amor".

Colocó la caja en un espacio libre en uno de los estantes inferiores.

"Por supuesto", dijo ella, con una leve sonrisa.

Ella pasó a su lado, dirigiéndose a la puerta.

En el espacio estrecho, sus caderas rozaron su cuerpo, y luego ella se detuvo, girándose para mirarlo.

Sus senos se apretaron contra su pecho; incluso en un almacén tan estrecho, sospechaba que ella lo hacía más de lo estrictamente necesario.

Ciertamente, el movimiento no había sido accidental.

"Debes decirme más", dijo ella, con su rostro a centímetros de él, los labios rubí invitaban a besarlos. "Pero no ahora; tu amiga está esperando. Quizás puedas venir esta noche a mi casa".

Ella le dio su dirección, y Conan estuvo de acuerdo en acudir.

Este había sido un giro sorprendente y muy agradable de los acontecimientos ...

* * *

Cuando ella abrió la puerta a su llamada, todavía estaba vestida con la misma ropa que en la tienda.

Esta vez, no fingió que no mantenía sus ojos en su figura.

No había duda de que ella era bonita, e incluso a la luz de la lámpara de dentro de la casa, podía ver que estaba enrojecida, con un sonrojo carmesí en sus mejillas.

Ella casi parecía nerviosa, y él se preguntó si ella había hecho algo similar antes.

Tal vez no; ella había dicho que sus padres estaban lejos, así que tal vez ella rara vez tuvo una oportunidad como esta.

Era poco probable que surgiera con frecuencia donde trabajaba, y ella era una mujer muy joven.

Probablemente no sea virgen, tan lanzada como eventualmente había sido ella, pero tampoco muy experimentada en tales asuntos.

Después de todo, ella todavía estaba vestida castamente.

"Entra," susurró, mirando a su alrededor para asegurarse de que nadie más pudiera verlos.

Él rápidamente entró, y ella cerró la puerta detrás de él, recostándose contra ella, sus ojos ahora recorriendo su propio cuerpo.

"Muriela cree en el amor libre, ¿no es así?"

Conan sonrió.

"Creo que eres muy consciente de eso. Muchos prefieren hacer un compromiso, pero hasta ahora no ha sido mi camino. Entonces, Jehnna ..." dijo, no ocultando que estaba viendo el ascenso y la caída de sus senos debajo del vestido, "¿qué aspectos particulares de la teología quisieras discutir?"

"Algunos de tus ... actos religiosos son bastante físicos, por lo que escucho", dijo, y su voz se volvió ronca. "Con el fin de experimentar más del panteón, creo que realmente debería probar algunos de ellos. Ishtar, la diosa del corazón es muy importante para mí, pero todos los dioses están relacionados, y uno debe adorar a los demás de vez en cuando, ¿no crees? "

"Es cierto", admitió, "y Muriela es la hija de Ishtar, después de todo. En cuanto a los actos físicos de devoción, esos no son parte de los servicios religiosos como tales. Pero siguen siendo un acto de adoración, y ahora me siento de humor para la adoración esta noche. ¿Y tú?

Él se movió hacia ella, y ella se colocó directamente en sus brazos.

"Sí, la adoración es buena", suspiró, "intensa, física, de adoración".

La abrazó y besó sus labios rojos, sintiendo que su lengua se deslizaba más allá de la suya.

Sus labios eran grandes, abultados y sensuales, y su beso apasionado, aunque no parecía tener una gran práctica.

Definitivamente no es virgen, decidió, pero probablemente con relativamente poca experiencia.

Pero estaba convencido de que eso ya no sería así cuando la noche acabara.

Ella se retiró de su boca, respirando pesadamente.

Sus senos se presionaban contra su pecho, y sus brazos ya estaban envueltos alrededor de su delgada cintura, mientras que ella le rodeaba el cuello.

Casi jadeaba, con los ojos verdes muy abiertos de anticipación.

"El dormitorio está arriba", logró decir, las palabras cayendo una sobre la otra.

Él asintió, luego bajó el brazo para levantarla debajo de las rodillas, sujetándola contra su pecho mientras se dirigía hacia las escaleras y avanzaba hacia el piso superior.

Se besaron de nuevo cuando llegaron al descansillo, él todavía la llevaba en sus brazos.

Ella asintió hacia una de las puertas, y él la abrió con un codo.

"Solo un momento", dijo de repente, "creo que Ishtar debería esperar afuera".

Él frunció el ceño, sin saber a qué se refería, pero ella respondió a su pregunta extendiendo una mano para desabrocharle el cinturón, el que llevaba el símbolo sagrado de su deidad.

La ayudó a liberarlo, y luego lo dejó caer, tan cuidadosamente como pudo con los brazos ocupados, sobre una mesa pequeña al lado de la puerta.

"Espero que a ella no le importe escuchar", dijo, haciendo que Jehnna se sonrojara de nuevo, y luego soltó una risita.

Entró en la habitación, cerró la puerta con el pie detrás de él y finalmente la dejó caer al suelo.

Ella inmediatamente tomó su camisa, sacándola de sus pantalones, y deslizando una mano debajo de ella para acariciar su estómago.

Él la empujó hacia adelante para darle otro beso persistente mientras su mano lentamente se abría paso, sintiendo el pelo en su pecho.

Se abrazaron, el brazo de Jehnna ahora alrededor de su espalda mientras él sostenía su estrecha cintura, empujando sus caderas hacia las suyas, presionando su creciente erección contra su cuerpo.

Ella se retiró un poco, luego usó ambas manos para levantarse la camisa, desabotonando rápidamente su túnica.

Él la ayudó, tirando la ropa en un montón sobre la alfombra.

Ella sonrió, sus ojos vagaron sobre su torso desnudo, y luego pasaron sus pequeñas manos sobre él otra vez, sintiendo la forma y firmeza de él.

Si había una ventaja de ser un aventurero, reflexionó, era que mantenía su cuerpo en buen estado físico más de lo que la mayoría de los otros guerreros lograban.

Todavía Jehnna no se movió hacia la cama, presionando su cuerpo contra el de él para otro beso.

Todavía estaba completamente vestida, la tela suave y aterciopelada contra su piel.

Ese vestido ahora era un obstáculo, ocultando casi todo su cuerpo de su vista.

Él le besó el cuello, todavía sujetándola por la cintura, y le mordisqueó la oreja.

Movió sus manos hacia arriba desde la parte baja de su espalda, encontrando los lazos que mantenían el vestido unido en la parte posterior.

Había varios de ellos, con cordones apretados, pero estaba acostumbrado a este tipo de cosas, deshaciéndose de ellos uno por uno, sintiendo el ligero algodón de su combinación con sus dedos debajo del vestido verde.

Él movió sus besos a su barbilla, y luego de nuevo a esos deliciosos labios rojos, perdiéndose en el momento en que separó los lazos finales.

Él no quería estropear el vestido, que parecía estar hecho de una tela valiosa, por lo que se apartó de ella otra vez, sosteniéndola con los brazos extendidos para una última mirada mientras estaba aun completamente vestida.

Su cabello estaba ligeramente desordenado ahora, unas pocas hebras sueltas cayendo frente a sus ojos, a pesar del broche que sujetaba su cola de caballo.

Ella respiraba pesadamente, tenía la boca abierta, los ojos fijos en los de él, como si no estuviera segura de qué hacer a continuación, pero, sin embargo, ansiosa por hacerlo.

Suavemente, él se acercó a sus hombros, tirando del vestido hacia ellos, permitiéndole que liberara sus brazos de las mangas apretadas, luego deslizándola por sus costados para descansar sobre sus caderas.

Debajo, llevaba una simple combinación blanca, acabando ligeramente más bajo de las rodillas, y no mostrando demasiado de su escote.

Las mangas eran cortas, poco más largas que los hombros, y él pasó un dedo por un brazo, sintiendo su piel desnuda contra la suya.

Llevaba un colgante de plata alrededor de su cuello, acurrucado contra la curva superior de sus pechos.

Lo reconoció como una versión simplificada del símbolo de Ishtar y, después del asunto del cinturón, decidió no mencionárselo.

La diosa del corazón tenía hijos.

Ella no podía ser ofendida por el método en que el utilizaba.

Ella apoyó los brazos contra su pecho, mientras él deslizaba sus manos a lo largo de su cintura una vez más.

Él se movió hacia arriba, el algodón de la combinación suave contra sus palmas, y el calor de su cuerpo se hizo evidente a través de él.

Alcanzó sus pechos, ahuecándolos a través de la tela.

Podía sentir sus pezones endurecerse bajo su toque, y levantó la vista para verla sonrojarse una vez más.

La atrajo hacia él una vez más, y se abrazaron apasionadamente, ella le besó la cara y él le pasó una mano por el pelo (su cola de caballo se estaba volviendo más áspera al hacerlo) y la otra a lo largo de su espalda.

Tenía un cuerpo muy pequeño, excepto por esos pechos ahora aplastados contra su pecho una vez más.

Una mujer joven, delgada y atractiva.

Él deslizó el vestido que descansaba sobre sus caderas, dejando que cayera naturalmente hacia el piso.

Pasarón sobre el vestido, moviéndose por fin en dirección a la cama.

Conan se quitó los zapatos y dejándola antes en la cama.

Separándose de nuevo, pero esta vez ella tumbada y él de pie, Conan miró hacia abajo a su cuerpo medio desnudo, mientras los ojos de ella se desviaban hacia su estómago y luego bajaban, hacia el bulto debajo de sus pantalones.

La combinación era más corta que el vestido largo, pero debido a sus botas largas hasta la pantorrilla, solo sus rodillas estaban expuestas.

"Déjame ver lo que la diosa tiene para ofrecer", dijo, levantando el bajo de la combinación sobre sus caderas.

Tenía unos cajones de algodón amplios, poco sexys y bastante prudentes debajo, llegando hasta la mitad del muslo.

Recordando lo que había sucedido en la tienda, obviamente se había enganchado las faldas por la cantidad de ropa que llevaba debajo.

Bueno, había tanta ropa interior porque a ella le sería cómodo utilizarla allá.

Dirigió una señal con su cabeza a la de ella, y ella levantó sus brazos, permitiéndole pasar la combinación sobre su cabeza, agarrando la cola de caballo por un segundo antes de arrojar la ropa al lado de su vestido.

Ahora ella solo estaba vestida con los cajones y sus botas, y, tenía que admitirlo, merecía la pena observarla un rato así vestida.

Su cuerpo tan joven era muy estrecho y delgado como lo había sentido al acariciarla, sus costillas claramente visibles a los lados de su pecho.

Su piel era pálida y rosada, evidentemente, al ver el sol rara vez, y fresca y suave al tacto.

La esbeltez de su cintura acentuaba sus juveniles pechos firmes, que apuntaban hacia arriba, muy erguidos y bien redondeados.

Sus pezones eran de un color rosa pálido, sobresaliendo ansiosamente.

Pasó sus manos sobre cada pecho, sintiendo su frescura, y luego apretó su pezón derecho entre dos de sus dedos.

El colgante caía sobre su escote ahora, y él no hizo nada para recordarle su presencia.

Se inclinó, besando la parte superior lisa de un pecho, y luego el otro.

Él se movió para lamer sus apetitosos pezones, pero antes de que pudiera hacerlo, ella se inclinó, besando la base de su esternón.

Se quedó allí, sin moverse, disfrutando de la sensación de sus pechos acariciando su estómago, pero ella comenzó a moverse hacia abajo, desenganchando el cordón de sus calzones.

Casi apresuradamente, ella los bajó, para que su polla saliera libre.

Permanecieron allí por un momento, él se preguntaba qué haría ella después.

"¿Supongo que este es el regalo de la diosa para mí?" Preguntó, su voz suave, y ligeramente burlona.

Ella levantó la vista hacia él, y él asintió en silencio.

"Entonces debería adorarlo en el altar", respondió Jehnna.

Poniendo una mano suave en cada cadera, instándolo a hacerlo, ella le dio la vuelta, hasta que él estaba de espaldas a la cama.

Se quitó los pantalones de los tobillos y obedeció, tendido desnudo de espaldas ante ella.

Sus ojos estaban fijos en su erección, mientras tomaba unas cuantas respiraciones para calmarse.

Luego se arrodilló frente a la cama, inclinó la cabeza hacia adelante y le dio un tierno beso en la base de su polla.

Miró hacia ella, solo podía ver su rostro desde este ángulo, los pómulos estrechos, el pelo oscuro, los ojos grandes y verdes y los sensuales labios rojos.

En ese momento, el hecho de que no pudiera ver el resto de ella no le importaba ni lo más mínimo.

Ella separó sus labios, y pasó su lengua a lo largo de su polla, probando sus bolas y luego moviéndose hacia la cabeza de la polla.

Él dejó escapar un profundo suspiro, y se levantó sobre sus codos, observando su rostro.

Parecía insegura, pero parecía que no necesitaba ningún consejo sobre qué hacer a continuación.

Ella besó su polla, levantando una mano para ahuecar sus bolas, masajeándolas con sus suaves dedos.

Luego ella retiró su prepucio, exponiendo la cabeza reluciente y la besó con sus labios húmedos.

Inclinándose más hacia adelante, Jehnna abrió la boca, hundiendo su polla poco a poco.

Un gemido escapó de sus labios, y ella miró hacia él, haciéndole cosquillas en las bolas con la mano.

Ella deslizó su erección hacia adentro y hacia afuera, pasando su lengua sobre el eje del pollón, lubricándolo mientras continuaba burlándose de él con sus dedos.

Al principio, era lenta, pero comenzó a aumentar la velocidad, ocasionalmente se detenía para liberarlo y luego lo empujaba de nuevo.

La cola de caballo de su pelo se balanceaba contra su espalda, con mechones sueltos de su cola cayendo sobre su estómago y caderas.

Su mano libre se estiró para acariciar su flanco, sintiendo la dureza de su estómago.

Sus ojos verdes se fijaron en los de él, su expresión incierta y un poco nerviosa, como si no estuviera segura de si lo estaba haciendo bien.

Pero no había tal duda en la mente del guerrero.

Sus labios y boca eran dulces, suaves, y le estaban volviéndolo loco; Conan sabía que no podría soportar mucho más de estas caricias con su lengua y boca, y se preguntó si ella le gustaría que él se corriera dentro de su boca.

La sensación de ello era intoxicante, junto con la poderosa sospecha de que nunca había hecho esto en particular antes.

Su propio aliento estaba duro y rápido ahora, mientras trataba de evitar llegar al clímax demasiado pronto.

¿O ella quería probar su leche?

Él no podía estar seguro.

Ella dio un último sorbo, empujando su polla tan dentro de su boca como ella podía, luego soltándola, su saliva ahora brillaba a lo largo de toda su longitud.

Ella lamió un dedo y le sonrió, con los dientes blancos.

Ella se puso de pie, y su mirada se movió primero a sus pechos, y luego a esos largos calzones que aún se escondían mucho de la vista de él.

Obviamente ella había tenido el mismo pensamiento, ya que, en un solo movimiento, se los bajó y se tiró a la cama junto a él.

Su mata oscura era escasa, casi sin nada de vello y él podía ver unas gotas de humedad entre sus piernas.

La mamada de su polla la había encendido profundamente, según parecía.

Tanto mejor, pensó, levantando la mano hacia su barbilla y besándola una vez más, con sus lenguas entrelazadas, el sabor de su polla todavía en su boca.

Apretó sus pechos, disfrutando de la firmeza juvenil de ellos.

Esta vez, ella le permitió que la besara allí, succionando su pezón izquierdo con su lengua, masajeando con su lengua, y luego abriendo la boca para presionar la mayor parte de su pecho dentro de él como pudo.

Ella gimió y se retorció debajo de él mientras él se movía hacia el otro pecho.

Él le soltó los pechos y le dio un pequeño beso al lado del colgante religioso, desafiándole a responder.

Ella jadeó, como si se hubiera dado cuenta repentinamente, pero luego simplemente tomó su cabeza entre sus manos y lo besó apasionadamente.

"Espero que a la diosa le guste ver esto, aunque no sea la forma de hacer niños" dijo Conan mientras conducía la cabeza de Jehnna de nuevo hacia su miembro.

Jehnna le miro entre divertida y lascivamente cuando de nuevo succionó su polla con su boca y le volvía a pasar la mano entre sus huevos.

Ahora si estaba seguro de que quería que acabará dentro de la boca.

Sintió que la nueva mamada que estaba haciendo Jehnna, ya sin detenerse, le iba a hacer acabar de un momento a otro sin remedio.

La succión de su boca cada vez era más rápida y sin pausa y las caricias en los huevos cada vez más divertidas para ella.

Y ella no dejaba de mirarle a los ojos mientras se la chupaba lo que le encendía aún más.

Sintió que la leche comenzaba a subir por el eje de su pollón hacia la boca de Jehnna.

Ella debió también sentirlo con la mano en los huevos porque dejó de tocárselos y se concentró en recibir su leche, sujetando la verga ahora con las dos manos y dejando de chuparla para abrir mucho la boca y dejar que el semen cayera dentro de ella.

Él sintió como se vaciaba completamente en su lengua, boca y parte de la cara.

Se echó hacía atrás para ver como ella se tragaba el semen mientras una parte de la leche le caía por los labios y cara hacía los lindos pechos.

Ella se estaba relamiendo los labios con una sonrisa entre traviesa y lasciva lo que le comenzó a encender de nuevo.

Notó como su polla volvía a ponérsele dura de nuevo.

Así que deslizó su mano entre sus piernas notando como la segunda mamada había hecho que se pusiera aún más mojada que antes.

Su coñito estaba casi empapado de jugos y era cálido, acogedor y suave a su toque.

Ella estaba lista, preparada para el acto final de la devoción.

Se levantó de la cama, observándola rodar sobre su espalda, su mirada ligeramente interrogante.

Se dio cuenta de que ella todavía tenía puesta sus botas, el suave cuero marrón cubría la mayoría de sus pantorrillas.

No importaba.

Él le separó las piernas y la deslizó hasta el borde de la cama.

Se agachó, y pasó un dedo por su coño, separando los suaves labios, viendo la humedad rosada en su interior.

Ella se quedó sin aliento, su cuerpo temblando, y él agarró sus muslos, levantando sus nalgas.

Sus piernas se sentaron a horcajadas sobre su pecho, las botas sobre sus hombros, su coño abierto ante él.

Con un movimiento repentino, él empujó adentro, haciéndola gritar de placer.

Una y otra vez empujó, sosteniendo sus muslos fuertemente contra su cuerpo.

Ella gimió y jadeó, sus caderas bombeando en respuesta a sus embestidas, sus pechos rebotaban hacia atrás y hacia adelante con la fuerza de sus esfuerzos.

Continuó, empujando con más fuerza, comenzando a gemir ahora que los gritos de Jehnna llenaban la habitación.

Sus ojos estaban completamente abiertos, centrándose en los suyos, su pecho agitado mientras mantenía el movimiento, el colgante yacía a un lado ahora, atrapado en el sudor de su pasión.

Con un último empujón, entró con fuerza en su coño, gritando su nombre mientras su semilla caliente se vertía en ella.

Todo su cuerpo se convulsionó cuando su vagina se contrajo, las olas de su orgasmo se acumularon sobre ella.

El mayor regalo de Muriela a la humanidad.

CAPÍTULO VI
ZULA

"Se refieren a una gran amenaza para la ciudad", dijo Valeria, colocando los viejos pergaminos sobre la mesa.

Se habían reunido en el comedor de la villa, a instancias de la elfa.

Conan en seguida se dio cuenta de que tenía algo importante que decirles, algo que había encontrado recientemente en algunos documentos antiguos.

Pero para él, parecía demasiado pronto para salir en otra expedición.

Apenas habían regresado de la último.

Algunos aventureros pasaban toda su vida explorando antiguas ruinas, pero esa no era manera de vivir una vida.

¿Cuál era el punto de ganar tanto dinero y tesoros si nunca tienes el tiempo necesario para gastarlo y disfrutarlo?

Por supuesto, había algunas personas que estaban totalmente dedicadas a luchar contra el mal, que nunca descansaban en la batalla, y eso era admirable, pero él no era un guerrero santo.

No obstante, estaba seguro de que Valeria no los convocaría sin una buena razón, y estaba dispuesto a escuchar lo que ella tenía que decir.

La hechicera elfa era inteligente, una amiga leal, y no alguien que saltaba a la aventura imprudentemente.

Si ella pensaba que algo era importante, probablemente lo era.

Y una amenaza para la ciudad, tenía que admitirlo, sin duda sería algo importante.

Y Valeria además de inteligente también era muy hermosa, realmente, y si ella hubiera sido otra persona distinta, habría hecho todo lo posible por acostarse con ella hace mucho tiempo.

Pero había reglas tácitas que él consideraba prudente obedecer.

Nunca se había acostado con otro miembro del grupo, y nunca tuvo la intención de hacerlo.

Eso crearía demasiadas complicaciones, e incluso riesgos, dada su peligrosa ocupación.

Había muchas más mujeres en el mundo y, además, había llegado a pensar en el grupo casi como su propia familia.

"Son un relato de un grupo de aventureros, de hace cientos de años", estaba explicando Valeria, "pero, desafortunadamente, están incompletos. Hay algunos mapas, pero no hay indicios de dónde podrían estar exactamente los lugares que se muestran en ellos, más allá del hecho que están bajo tierra, en algún lugar debajo de esta ciudad ".

Conan asintió con la cabeza.

"la ciudad actual está construida sobre las ruinas de una mucho más antigua, es verdad. Pero no queda mucho de eso, y nada en absoluto sobre el suelo. Sin embargo, dado el tiempo que Tarantia ha estado aquí, cualquier cosa debajo que hubiera habido ha sido completamente explorada hace mucho tiempo ".

"Tal vez sea así", respondió Valeria, "pero ¿y si algo se modificara en una fecha posterior? Las antiguas ruinas, como están, deben haber sido selladas. No sabríamos mucho sobre ellas. Por supuesto, esto no es seguro. Es probable que haya mucho recorrido en el camino hacia el objetivo, pero eso no significa necesariamente que no haya nada ahí abajo. Y, ciertamente, estos viejos aventureros encontraron algo. No está realmente claro qué es, excepto que parece atraer monstruos y tal como se indica, o eso creyeron, si se hiciera lo suficientemente poderoso, surgiría de las profundidades y se apoderaría de la ciudad. Pensaría que se refieren a algo infernal, es lo más probable, pero con los documentos tan incompletos como están, eso es solo una suposición. "

"Pero no se apoderó de la ciudad", señaló Zula, "o no estaríamos aquí. ¿Cuál es el problema?"

"No, no lo hizo, porque lo detuvieron. Pero, por lo que puedo decir, no lo mataron, simplemente lo sellaron en algo, protecciones de algún tipo para evitar su escape. Lo cual, desde su perspectiva, fue más que suficiente. Pero los hechizos no duran para siempre, y el mago del grupo parecía pensar que se debilitarían después de unos pocos siglos. Lo que nos lleva al día de hoy ".

Yasimina, que ciertamente se estaba animando con esto, se inclinó hacia adelante en su asiento.

"¿Creen que la amenaza podría estar activa de nuevo ahora, o muy pronto?" Luego se detuvo un momento, frunciendo el ceño ligeramente, "¿pero por qué no explican claramente esto? Si yo encerrara a un demonio en una cripta debajo de la ciudad, y supiera que escaparía, aunque fuera dentro de quinientos años, me aseguraría de dejar una advertencia muy clara para las generaciones futuras y no decir que hay un peligro oculto en algún lugar del subsuelo".

Valeria suspiró: "Estoy de acuerdo, y me temo que, una vez más, lo incompleto de los documentos hace que sea difícil decir por qué no lo hicieron. Claramente, sufrieron muchas bajas, parece ser que solo dos de ellos sobrevivieron, incluido el autor de este diario. Sin embargo, tengo la impresión de que pueden haber sido expulsados de la ciudad, sin poder dejar ningún tipo de advertencia clara, excepto por esto ".

"Muy bien", dijo Yasimina, repentinamente asumiendo un papel de negocios, "asumamos que creemos esta historia. El curso de acción obvio sería advertir a las autoridades. Con suerte, nos contratarían para enfrentar la amenaza, y tendríamos mucho más apoyo de esa manera que si lo hiciéramos solos. Y, por lo que puedo ver, no hay ninguna razón obvia por la que debamos lidiar con esto solos. Es difícil pensar que pueda tratarse de una expedición típica. Pero si nos ignoran, entonces tendremos que pensar de otro enfoque ".

"No podemos hacer eso", dijo Valeria, sacudiendo la cabeza, "esta cosa, sea lo que sea, tenía la capacidad de influir en las personas de toda la ciudad. Hay pasajes escritos aquí que dicen que los aventureros corren un gran riesgo incluso cuando están arriba, en la ciudad, ya que los servidores del ser sabían de ellos y tomaron medidas. Es obvio que, en ese momento, estos servidores estaban incluso dentro del gobierno de la ciudad. Ahora, puede que no sea el caso, que esto haya sucedido solo esta vez, o puede que se ha extendido mucho, y que aun continúen servidores ocultos en la ciudad. Pero no podemos saberlo con seguridad, así que creo que deberíamos mantener esto lo más oculto posible hasta que sepamos más. Creo que tenemos que investigar esto, y más temprano que tarde, y cuanto menor sea el número de personas que sepan de esto, mejor ".

Yasimina se recostó en su silla otra vez, sumida en sus pensamientos.

Conan decidió que era mejor dejarla pensar.

Ella era la líder del grupo, al menos de manera tácita, y él respetaba sus decisiones.

Por fin habló la paladín.

"Podríamos investigar, como dices. Comencemos por descubrir cómo ingresar a lo que hay debajo de la ciudad. Podemos hacer eso sin que la gente se entere de nuestro verdadero propósito, seguramente. ¿Alguien tiene alguna sugerencia sobre dónde comenzar? "

"Es posible", dijo Snagg, hablando por primera vez, "yo sí ..."

***

Resultó que Zula no era necesaria para la primera parte de la misión en la búsqueda de información.

Así que, teniendo una tarde libre por delante, y habiendo estado pensado antes en las cuevas y fuentes termales de la ciudad, decidió darse un baño.

Dejó que Snagg y los demás planearan el curso de acción, ella se tomaría un rato libre para relajarse.

Entró en su habitación, cerrando el pestillo para su privacidad.

Tan pronto como lo hizo, los recuerdos de esa noche de no hace mucho tiempo volvieron a llenarla.

Yakin estaba en otro lugar de la villa en ese momento, y esa noche anterior todo lo que ella había podido hacer era espiarlo.

No era como si hubiera alguna posibilidad real de obtener intimidad física con él; sus respectivas razas eran una barrera tan grande como siempre, y nada había cambiado desde entonces.

De hecho, esperaba que él nunca supiera lo que ella había hecho.

En muchos sentidos, fue una traición, y ni siquiera una que ella pudiera comenzar a explicar a nadie, y menos a él mismo.

Pero, si nada había cambiado realmente desde la perspectiva de Yakin, era diferente para ella.

Ella lo había imaginado a menudo muchas veces antes, de lo que podría pasar si solo él fuera un duende como ella.

Esas habían sido fantasías agradables, pero las fantasías eran todo lo que eran, y lo que serían siempre.

Ella no había oído hablar de magia que pudiera hacer eso, e incluso si fuera posible, era difícil pensar por qué Yakin estaría dispuesto a sufrir la transformación.

Probablemente le gustaba ser un humano, después de todo.

Pero ahora, desde esa noche, ella soñaba más con él.

Era ridículo, de verdad.

¿Así que ella lo había visto desnudo?

¿Era realmente tan diferente a como lo había imaginado, que ahora sus pensamientos deberían estar llenos de deseo?

Sin embargo, eso era lo que había sucedido.

La parte que trató de ignorar, pensaba, mientras se quitaba las botas y metía un pie en las cálidas aguas del baño para comprobar la temperatura del agua, era, como siempre había sido, la incompatibilidad en tamaño.

Aparte de eso, los humanos y los duendes parecían lo mismo.

Después de todo, era por lo que ella lo deseaba.

Pero, si Yakin tuviera algo parecido a un duende, tenía una estatura gigantesca desde su perspectiva.

Con, como ella ya sabía, un pene totalmente proporcional.

Podía imaginárselo parado allí, frente a ella, como él se había parado antes del baño esa noche, deshaciéndose de sus bridas y su dura polla brotando libremente hacia su cara.

Ella sacudió la cabeza, alejando la imagen de su mente.

Solo sirvió para recordarle el abismo entre ellos, y no serviría para detenerse en eso.

Debería haber un espejo en el baño, reflexionó, mientras se quitaba la túnica en la cabeza y la colocaba sobre la mesa auxiliar.

Pero no había, y ella tenía que imaginarse a sí misma como él la vería.

Ella se pasó las manos por los costados.

Era lo suficientemente delgada, con un vientre plano y caderas femeninas.

Seguramente entonces, ¿ella no le parecería demasiado infantil?

Ella ahuecó sus pechos, sintiendo la forma de ellos.

Ciertamente, no hay nada parecido a una niña allí, aunque ella no podía decir que ella tenía un pecho muy exuberante.

Por supuesto, ella no tenía idea de lo que Yakin prefería en las mujeres.

Si él tenía novia, ella no sabía nada al respecto.

Esperaba que no la tuviera, aunque ese deseo era a la vez egoísta y, en última instancia, inútil; ella simplemente no quería imaginárselo con alguien más.

Ella pellizcó su pezón rosado, pero luego retiró su mano.

Quizás este no era el momento ni el lugar.

Ella había puesto el pestillo en la puerta, pero los otros no estaban lejos, discutiendo cosas sobre las catacumbas debajo de la ciudad, sin duda.

Debería bañarse y terminar con eso, y tal vez retirarse a su cama después.

Se quitó las ropas que quedaban de manera profesional, las colocó cuidadosamente, tomó una toalla y se detuvo al borde del baño.

Por supuesto, el baño de piedra era grande, destinado a humanos, no a duendes o enanos.

Estaba forrado de mármol, con tüberías debajo que conectaban con las aguas termales, manteniendo el agua caliente, aunque, afortunadamente, nunca alcanzaba temperaturas muy altas, y había algo de encanto para evitar eso, pensó.

Una repisa a un lado le permitiría sentarse, en lugar de tener que usar el lugar como una pequeña piscina, ya que casi no podía acostarse en el fondo.

El agua onduló, permitiendo un reflejo distorsionado de su cuerpo.

No tan bueno como un espejo, pensó de nuevo.

De cualquier manera, todo lo que hizo fue traer pensamientos de Yakin a su mente una vez más.

Ella se miró a sí misma.

Tenía buenos muslos, pensó, bien formados en lugar de demasiado gordos o demasiado delgados.

Su vientre era estrecho y con oscuros pelos rizados contra la piel pálida de sus caderas.

Ella era una mujer, una mujer adulta.

Pero incluso si pudiera verla desnuda, ¿era así como pensaría en ella, o como una extraña figura de muñeca?

Se metió en el agua, se sentó en la cornisa, saboreando el calor y la humedad contra su piel, disfrutando de la sensación.

Apoyó la cabeza contra el borde de piedra, el nivel del agua subía justo por debajo de sus hombros.

Alcanzó el jabón perfumado que estaba sobre la toalla, se salpicó con el agua y comenzó a hacer espuma.

Al principio, logró ignorar los pensamientos de Yakin, acostada en la misma piscina, incluso usando el mismo jabón, pero mientras se movía hacia abajo para enjabonar sus pechos, sus pezones se endurecieron involuntariamente, imaginando cómo se sentirían sus manos como acariciándola.

Maldita sea, esto no la llevaba a ninguna parte.

Ella también podría ceder a los pensamientos, relajando su tensión de la única manera posible.

Quería liberarse, pero no podía librar su mente de la distracción hasta que ella lo hubiera logrado.

Maldito Yakin, ¿por qué un hombre humano tenía que ser tan guapo?

Volvió a poner el jabón en la toalla y se metió las manos entre las piernas.

Ella suspiró, un leve aliento más allá de sus labios.

Esto se sintió bien; esto era lo que ella necesitaba.

Debajo del agua, deslizó un dedo en su coño, moviéndolo hacia arriba para frotarse contra su clítoris.

Cerró los ojos, imaginando a Yakin delante de ella, del tamaño de un duende.

¿Qué haría, si fuera un duende, y en el baño con ella?

Tendría que estar de pie en la parte inferior, por supuesto.

Y entonces, sí, la besaría y le frotaría los pechos.

Movió su mano libre para sentirlo, deslizando su pezón entre dos de sus dedos.

Luego la levantaría, caderas con caderas, con las piernas envueltas alrededor de esos muslos firmes, y la penetraría.

Ella introdujo su dedo aún más profundamente junto con sus pensamientos, deslizándolo dentro y fuera a un ritmo lento.

Ella lamió sus labios, imaginando el sabor de su boca, cómo se sentiría su pecho contra el de ella, fingiendo que el calor del baño era el calor de su cuerpo.

Mantuvo los ojos cerrados, no deseando arruinar la imagen con un atisbo de la habitación vacía, y continuó explorando su coño.

Sería suave y lento, su habitual forma de ser, considerada y tranquila, impulsando su éxtasis siempre.

Siendo duende en sus fantasías, él podía hacerle esto, pero como humano, nunca.

Inesperadamente, una imagen saltó a su mente.

Yakin, en su tamaño real ahora, doblándola, sosteniéndola contra sus caderas, tomándola por detrás, sus talones tamborileando sobre sus rodillas.

El pensamiento fue repentino, impactante, y ella se preguntó brevemente de qué parte de su mente provenía.

Sabía que parte de ella lo quería como un ser humano, incluso lo quería duro, vencido por la lujuria, follando con ella.

Metió un segundo dedo en su coño, su respiración era más fuerte ahora, y retorció un pezón con su mano libre, disfrutando del ligero dolor al hacerlo.

¡Sí, ella lo quería follar!

Ella intentó recuperar la imagen de él de tamaño duende, pero la idea de su enorme polla erecta la abrumó, aunque nunca lo había visto en tal estado.

¿Qué tan grande sería, se preguntó brevemente?

¿Seis, siete pulgadas?

Y, buena diosa, ¿qué pasaría con el grosor?

Deseaba haber traído algo con ella ... algo con un asa, tal vez ... algo, cualquier cosa, con la que pudiera probar su tolerancia.

Pero no lo había hecho, y si lo hubiera hecho, difícilmente sería lo mismo que la sensación de una buena polla viva que la golpeara.

Se mordió el labio, deseando no gritar, los demás estaban a solo una o dos habitaciones de distancia.

Su cuerpo se arqueó contra la piedra, deslizándose ligeramente sobre la repisa, sus caderas se movieron por reflejo en contrapunto a sus dedos que empujaban.

No le importaba si Yakin era humano o duende ahora, solo quería su polla dentro de ella.

Consideró brevemente salir del baño, encontrando una superficie más seca y menos resbaladiza para apoyarse, pero estaba demasiado lejos para que esa fuera una opción ahora.

El agua se derramó contra sus hombros, y ella se mordió el labio con más fuerza.

Su clítoris estaba en llamas ... en cualquier ... momento ... AHORA ...

Ella se convulsionó, dejando escapar un pequeño gemido involuntario cuando el calor blanco se apoderó de ella.

Mientras lo hacía, sus nalgas, que ya se encontraban en una posición inestable en el estante, se deslizaron libremente, metiéndola bajo el agua mientras sus piernas se colapsaban debajo de ella.

Un momento después, empujó su cabeza hacia la superficie, agarrando la cornisa con su mano izquierda.

Permaneció así por un momento, jadeando, con los ojos muy abiertos en un brillo postorgásmico.

Por fin, se quitó el cabello mojado de la cara, echándolo hacia atrás y luego salpicándose con el agua de nuevo.

Zula dejó escapar un largo suspiro de pura felicidad.

Eso había sido bueno.

Muy bueno ...

CAPÍTULO VII
CASSANDRA

Cassandra se despertó cuando el sol comenzó a sumergirse en el cielo, arrojando su luz naranja del ocaso a través de la ventana estrecha en su departamento de buhardilla.

Había dormido durante gran parte del día, lo que no era raro.

Ella prefería más la noche que el día, ya que cuando la luz del sol estaba fuerte las cosas que se podían hacer eran demasiado visibles y eso no le gustaba.

Y, además, por la noche, ella podía ver mejor que los humanos, o incluso los elfos, permitiéndole ver sin ser vista.

Eso era práctico, especialmente teniendo en cuenta sus delicadas acciones elegidas para los tratos comerciales, pero también había, pensó, más belleza en la noche.

Los cielos de Tarantia a menudo eran claros, una ventaja de su entorno árido, que permitía que las estrellas y las lunas brillaran intensamente en medio de la oscuridad aterciopelada.

Y la oscuridad era mucho más hermosa que la luz diurna.

La forma en que las cosas se encogían en las sombras las hacía de alguna manera más limpias, más puras, de lo que eran cuando la luz del sol exponía su realidad.

Su herencia diabólica también podría haber sido relevante, por supuesto.

Se deslizó fuera de la cama, empujando las finas sábanas en su lugar, y se vistió rápidamente.

Ella no tenía una amplia gama de ropa, solo los repuestos suficientes para asegurarse de que alguna siempre estuviera limpia y sus gustos eran simples, y prácticos, suficientes.

Tal vez si, algún día, su trabajo la llevara a una fiesta de clase alta bien vestida, podría tener que comprar un vestido caro, pero la idea no le atraía.

Así que se puso unas tiras de cuero ajustadas y un jirón con una camisa sin mangas de algodón.

La ropa mostraba su figura, haciéndola parecer más bien formada y atractiva de lo que ella misma se daba cuenta.

En su propios pensamientos, sus deformidades engendradas por el infierno eran todo lo que realmente importaba.

Después de ponerse las botas hasta la pantorrilla, se detuvo para mirarse en el espejo y se aflojó el pelo apelmazado por el sueño para ocultar sus cuernos lo mejor que pudo.

Con ellos ocultos, se veía tan humana como siempre, con una cara ovalada, pálida y cabello castaño hasta los hombros con un toque de castaño rojizo.

Sus ojos la delataban, sin embargo, porque su tono rojizo oscuro no demasiado natural era bien visible para cualquiera que se acercara a ella.

Ella trataba de no dejar que eso sucediera muy a menudo.

Satisfecha con su apariencia, se ajustó el cinturón y se puso la capa negra con capucha que era su mejor protección para que no se la viera con claridad, y salió de la habitación, colocando la trampa del dardo venenoso que siempre dejaba en la cerradura, por si acaso.

Solo había una escalera estrecha en el rellano, que conducía a otros pisos hasta el nivel de la calle.

Era una zona pobre de la ciudad, porque le costaba vivir en un lugar más saludable.

Un día, tal vez, el dinero que había ganado le permitiría un lugar mejor, pero tendría que ser muy privado, y ella sabía que nunca podría permitirse el tipo de discreción que Lady Gedren necesitaba para vivir como una comerciante elfa oscura en una ciudad humana

Ese era, a menudo, el camino con los semidemonios.

Cuando abandonó el edificio, el sol ya se estaba hundiendo en el horizonte y ya comenzaban las sombras en las calles.

Había aprendido lo que podía sobre los aventureros de quienes Gedren quería que ella robara.

Lo suficiente para saber que enfrentarlos de frente no era una propuesta sensata, incluso si esa hubiera sido su preferencia.

No era sorprendente, ya que los aventureros estaban entre los oponentes más mortíferos.

Asumiendo que sobrevivieron a sus primeras pocas expediciones, solo con eso, ya habrían enfrentado más horrores de los que la mayoría de las personas se encontrarían en toda una vida, y vivían para contarlo.

Sin mencionar el útil botín mágico que habrían logrado obtener.

No, el combate directo no era una opción.

Pero ella ya lo sabía: ella simplemente lo necesitaba confirmar.

La siguiente pregunta era la seguridad de su hogar, lo fácil o difícil que sería introducirse y salir sin ser detectada.

Era desafortunado que no vivieran simplemente fuera de una posada, como hacían muchos, sino que eran demasiado inteligentes y exitosos para eso.

Así que, esta noche, ella aprendería lo que pudiera de su villa.

***

Se mantuvo en las sombras tanto como pudo, lo que se hizo más fácil por la oscuridad de la noche.

La mayoría de las personas en el vecindario sabían lo suficiente como para no comentar nada sobre su habitual capa con capucha, y, además por aquí, ella no era la única persona que deseaba evitar la atención de todos modos.

En general, no se hacían muchos comentarios sobre los transeúntes en esta parte de la ciudad.

Aun así, se deslizó por los callejones tan pronto como pudo, recorriendo enérgicamente pasajes que le resultaban familiares desde la infancia.

* * *

Ella los vio con mucha antelación, por supuesto.

De hecho, probablemente ella los había visto antes de que ellos la hubieran visto a ella.

Pero ella les había dado poca importancia, solo dos recién llegados a la ciudad, perdidos en las calles secundarias.

Y claramente eran recién llegados, por su estilo de vestir, y aún con el polvo del viaje en su ropa.

Estaban demacrados, algo desgarrados, claramente habiendo caído en tiempos difíciles, como muchos lo habían hecho por aquí.

Tal vez estaban buscando una pensión barata, o incluso un piso protegido para pasar la noche.

Uno de ellos repentinamente apareció delante de ella, bloqueando su camino.

Sus ojos se alzaron con molestia, porque él era unos seis centímetros más alto que ella.

Ella notó su cabello lacio y el rastrojo en su barbilla, sus fosas nasales asaltadas por un olor a sudor y mugre mezclados con un claro indicio de un poco de alcohol.

Sostenía un cuchillo en una mano, apuntándolo hacia ella.

"Tu dinero, ahora", exigió, el olor del alcohol fresco en su aliento.

"Creo que no", dijo ella con calma, su mano ya se movía subrepticiamente bajo su capa.

Él sostuvo su mirada, ya sea demasiado borracho o demasiado estúpido para interpretar la mirada en sus ojos, o notar su color antinatural.

O tal vez estaba demasiado oscuro para ellos.

Su amigo ya estaba dando vueltas detrás de ella, cortando su ruta de escape.

Muy mal para ellos.

"Oh, lo harás", dijo, "y tal vez algo más, ¿eh?" Él rió, su sonrisa mostrando dientes rotos y manchados.

La mano de su cuchillo todavía sostenida hacia ella, se estiró para intentar agarrar su pecho con la otra.

Su respuesta fue rápida como un rayo, agarrando la mano de su cuchillo con su izquierda y girándola con fuerza.

Su propia mano derecha salió de debajo de la capa, hundiendo el cuchillo debajo de su esternón, introduciéndolo hasta la empuñadura.

Se quedó sin aliento, pero no gritó, simplemente emitiendo una ráfaga de mal aliento.

Se echó hacia atrás, tambaleándose, con los ojos abiertos de asombro, y miró la mancha que crecía rápidamente en la parte delantera de su camisa.

Ella ya había soltado el cuchillo y se giró para enfrentar al otro atacante.

Éste ni se había movido, no había hecho nada, aparentemente tan congelado y conmocionado como su compañero.

Miró el cuchillo, todavía goteando sangre, y luego hacia Cassandra, su rostro una máscara de incomprensión.

El idiota merecía morir, pensó ella.

Pero en cambio, se dio la vuelta y huyó, corriendo hacia la noche tan rápido como sus piernas podían llevarlo.

Ella ni se molestó en perseguirlo; él no tendría amigos aquí, y no tenía mucho sentido perder su energía.

Detrás de ella, se oyó un ruido sordo cuando el primer hombre se desplomó en el suelo.

Ella se volvió para mirar, y lo vio jadeando como un pez fuera del agua, tratando de contener el flujo de sangre mientras él estaba tirado en el suelo del callejón de tierra.

Se estaba muriendo, eso estaba claro.

Pero no lo suficientemente rápido.

Ella se arrodilló frente a él, observando por un segundo o dos mientras él intentaba escabullirse y tapar su herida al mismo tiempo.

Él la miró, suplicándole, pero ella simplemente utilizó su daga de nuevo, cortando su garganta.

Su cabeza cayó hacia un lado y sus ojos se pusieron vidriosos.

Ella limpió su espada con su ropa, la volvió a enfundar, luego dio un paso con cuidado para evitar poner sus pies en el charco de sangre, caminó sobre su cadáver y bajó por el callejón.

No podía perder mucho tiempo con esto, después de todo, ella tenía asuntos que atender.

* * *

La villa era la típica casona de dos pisos, con dos largas alas que se extendían a cada lado de un patio amurallado.

Como muchos otros edificios en esta parte de la ciudad, el techo tenía una parte superior plana, aunque dos pequeñas cúpulas de cobre estaban en las esquinas donde las alas se unían al edificio principal.

Debería tener cuidado, ya que no quería atraer demasiada atención a sí misma en esta parte más acomodada de la ciudad.

Dejar un cadáver aquí tendería a atraer mucha atención, algo que ella quería tratar de evitar, después de todo.

No obstante, pronto pudo confirmar que las ventanas de la planta baja tenían fuertes enrejados de hierro que les impedían que entrara algo que tuviera más de dos o tres pulgadas de ancho.

Tenían persianas también, que sin duda serían cerradas más tarde en la noche.

Las paredes eran escarpadas, lo que haría que trepar por ellas hacía una ventana de la parte superior o hacia el techo fuera imposible sin un garfio ... aun así, una grapa era algo a considerar.

De mayor utilidad, sin embargo, sería un poco de conocimiento sobre cómo el grupo pasaba aquí sus días y noches.

¿Qué tan probable era que la casa quedara vacía, por ejemplo?

Lo mejor de todo sería tener una idea de dónde guardaban su tesoro cuando no lo estaban usando.

Tenía que haber una bóveda en algún lugar, y obviamente sería preferible que ella no tuviera que buscar en toda la villa para encontrarla.

Por supuesto, pensó con tristeza, cualquier posibilidad de que divulgaran información sobre eso era realmente limitada.

La luz de la lámpara de la calle se derramaba fuera del patio y de la planta superior de la villa.

Muchas personas se fueron a dormir tan pronto como oscureció, y el crepúsculo ya estaba profundizando más allá del punto para que cualquier humano leyera sin ayuda.

O hacer algo más sin una fuente de luz, para el caso.

Pero los aventureros seguían activos.

En su segundo paso por las puertas del recinto amurallado, se acercó tanto como se atrevió sin que fuera muy obvio, y escuchó el sonido de una conversación desde el interior.

Entonces, al menos algunos de ellos estaban ahora en el patio, no el edificio.

Y eso le dio una idea.

Miró a su alrededor a los edificios vecinos.

Al igual que la propia villa, la mayoría tenían dos pisos de altura, lo que significaba que desde el segundo piso se debería ver por encima de la pared del patio.

Las calles se estaban vaciando, pero, aun así, Cassandra fue cuidadosa cuando se deslizó por el callejón detrás de lo que parecía ser una casa normal.

La casa estaba a oscuras, entonces, o nadie estaba en casa, o ya se habían retirado a la cama, y cualquiera de los dos casos sería adecuado para sus propósitos.

Mirando a su alrededor para asegurarse de que estaba sola, se subió a una ventana de la planta baja, agarrando el dintel que estaba encima.

Moviéndose en silencio, pero con confianza, se incorporó en la pared.

Afortunadamente, era lo suficientemente recargada como para que no fuera una gran dificultad para trepar a alguien con experiencia, a diferencia de las paredes lisas de la propia villa.

En el primer piso, justo cuando alcanzaba el borde del techo plano, se quedó inmóvil al escuchar sonidos desde dentro.

El lugar podría no estar tan vacío como ella había pensado.

"Señor Diablillo", dijo una voz de mujer de una manera obviamente falsa de niña, "No sé si debería estar mojándome aquí. ¿Qué pasaría si pudieras ver ciertas cosas?"

La forma en que hablaba le dio a Cassandra la impresión de que podría estar hablando con un gato u otra mascota, y el ridículo nombre apoyaba esa teoría.

Pero, en cambio, la voz de un hombre respondió:

"Oh, pero te prometo que no miraré nada que no quieras que no vea".

"Por mucho que no hagas nada malo ... ¡sería demasiado excitante!"

Cassandra dejó escapar el aliento cuando los dos dejaron de hablar, y entraron en lo que presumiblemente era un dormitorio.

No parecían ir al techo, que era todo lo que importaba.

Ella pensó brevemente en elegir otra casa, pero era un poco tarde para eso.

Con la pareja segura fuera del alcance del oído, se subió a la parte superior del edificio.

El techo, como tantos otros, era plano, con un muro bajo a su alrededor y una trampilla por la que se bajaría a la propia casa.

Confiaba en que los habitantes se habrían ido a la esquina opuesta de la casa y, con suerte, ahora se iban a dormir, dejándola a salvo.

Con sigilo casi felino, se movió a través del techo y se acostó en el lado que daba a la villa, mirando por encima de la pared, que tenía solo ocho pulgadas de altura.

Ella estaba en tinieblas, y la villa estaba iluminada; era poco probable que pudieran verla desde allí, incluso si miraban exactamente en su dirección, lo cual no tenían ninguna razón para hacer.

Podía escuchar risitas desde abajo, interrumpiéndose de vez en cuando para que la mujer irritante hiciera algún comentario idiota u otra cosa.

Esperaba que se callaran pronto, o, al menos, que la mujer lo hiciera, porque parecía ser la que más hablaba, ya que, en ese caso, incluso podría tener la oportunidad de escuchar una conversación desde la villa.

Pero tenía que escuchar con atención, y para eso necesitaba al menos algo de silencio.

Los aventureros estaban claramente celebrando una cena al aire libre.

Tenían una gran mesa colocada en el patio, con sillas alrededor, y numerosas linternas colgaban alrededor de las paredes.

Obviamente habían terminado de comer, y mientras ella miraba, un joven sirviente estaba retirando los platos.

Él podría ser un problema; era probable que estuviera en la villa incluso cuando ellos estaban lejos.

Por supuesto, a ella no le sería muy difícil lidiar con ello si tuviera que luchar contra él, pero eso sería complicar las cosas, y preferiría evitarlo si pudiera.

Después de todo, a ella no le gustaba dejar un rastro de cuerpos detrás de ella, aunque a veces fuera necesario.

Había más personas en el patio de las que ella sabía constaba el grupo, lo que sugería que tenían invitados.

A tres de los aventureros ella los identificó de inmediato.

El enano debía de ser Snagg, y Zula la mujer duende.

El guapo de cabello oscuro y barba corta era seguramente Conan, y además él era el único que, además de Snagg, no llevaba alguna especie de uniforme.

Los otros, sin embargo, eran menos fáciles de precisar.

Ella también estaba buscando, por lo que sabía, a una hechicera élfica y una paladín humana, ambas mujeres.

Sin embargo, con mala suerte, las seis personas restantes alrededor de la mesa incluían a cuatro mujeres, dos elfas y dos humanas, mientras que los otros dos invitados eran hombres.

A los hombres ella ya podría descartarlos de todos modos, primero por ser hombres, y segundo porque ambos estaban vestidos con los uniformes de la Iglesia de Ymir, el dios del honor, uno caballero y el otro clérigo.

Tenían que ser amigos de Lady Yasimina, la paladín y líder del grupo, y ella sabía que no vivían aquí, por lo que no eran una preocupación inmediata.

Ambas mujeres humanas eran de pelo claro y vestían elegantes vestidos.

Una tenía que ser la misma Lady Yasimina, pero, por el momento, no sabía cuál era cuál.

Una de las elfas tenía un largo cabello rubio, y la otro lo llevaba cortado cerca de la nuca, pero ella no tenía una descripción lo suficientemente precisa de Valeria para que eso la ayudara.

Tampoco su ropa ayudaba, ya que cualquiera de las dos podía haber ser una hechicera ...

¿Valeria estaría vestida con un atuendo tradicional para los elfos o un simple vestido blanco en el más puro estilo humano?

No había forma de saberlo.

"Oooh, Señor Diablillo!" —gritó la mujer desde abajo, obviamente en estado de shock fingido. "¡Puedes ver mis piqueros! ¿Qué diablos hacemos?"

Cassandra apretó el puño, deseando que la mujer ridícula simplemente se callara y terminara de una vez.

Aparte de la tontería que estaba hablando, solo su voz era molesta y penetrante, un chillido perpetuo y agudo.

Quienquiera que fuera 'Señor Diablillo', el hombre tenía muy mal gusto para las mujeres.

Intentó enfocarse nuevamente en el grupo al otro lado de la calle, pero con el ruido de la casa debajo de ella, era imposible escuchar nada de lo que decían.

El criado se había quedado en la esquina del patio, fuera del círculo, como esperando instrucciones adicionales, pero los otros estaban bebiendo vino y charlando entre ellos.

Era una noche clara, con un cielo sin nubes ... seguramente ella podría haberlos escuchado si no fuera por las interrupciones de la planta baja.

"Oooh, no debes tocarme allí, ¡eso sería muy malo!"

El hombre, que había estado en gran medida en silencio hasta este punto, interrumpió con su propia interjección.

"Niña Gatita, ¡chupa mi polla!"

Gracias a Dios, pensó Cassandra, ya que esta acción al fin silenciaba a la mujer.

Tal vez el hombre se había aburrido tanto de su parloteo como ella lo estaba, y había pensado en una manera efectiva de callarla.

Con los sonidos de abajo, al menos temporalmente silenciados, fue posible, como ella sospechó, escuchar fragmentos de la conversación del grupo.

Pronto se hizo evidente que los invitados no eran aventureros, sino que tres de ellos estaban asociados con el templo de Ymir.

Como eso incluía a la mujer elfa con el vestido blanco, la otra elfa tenía que ser Valeria.

También era obvio que Conan estaba coqueteando con la elfa de pelo corto, aunque Cassandra sentía por el lenguaje corporal de ella que las cosas no se habían acercado mucho entre ellos.

Aun así, si él tuviera una debilidad por las mujeres, eso podría ser algo que ella pudiera usar.

Como los aventureros actualmente estaban describiendo sus últimas hazañas, pronto quedó claro cuál de las mujeres humanas era Yasimina.

No había ninguna pista real en cuanto a la identidad de la otra, que no parecía estar hablando mucho y, a veces, parecía un poco incómoda.

Sin embargo, lo más importante es que Cassandra esperaba poder obtener alguna pista sobre su tesoro a partir de la historia de cómo lo habían encontrado.

Claramente, había una especie de tumba subterránea profunda involucrada, en las tierras salvajes del norte.

El lugar perfecto, supuso, para encontrar algún tipo de objeto de magia negra que se ajustara a la descripción de Lady Gedren.

Si ella pudiera escuchar un poco más, entonces ...

"¿Mi Señor Diablillo me hará lo mismo ahora? ¡Estoy segura de que lo hará! Ya que yo me puse un poco de humedad entre mis muslitos, ¿puede mi Señor Diablillo pensar en algo que hacer para que me sienta mejor?"

Cassandra apretó los dientes y resistió la tentación de golpear su cabeza contra la pared.

O, mejor aún, bajar las escaleras y matar a la idiota.

Si no fuera por el hecho de que un asesinato atraería demasiada atención, no estaba segura de haber tenido la fuerza para evitar hacerlo.

Los vecinos de al lado podrían incluso darle las gracias por ello.

"Oh, mierda, sí", dijo la voz del hombre, seguida de un largo alarido de alegría de la mujer.

Si ella había estado hablando antes, ahora era aún peor.

Su aguda voz nasal, que parecía que debería haber roto vidrios, alternaba y gritaba como una especie de animal torturado, entre exhortaciones ocasionales a su amante y el sonido de una bofetada vigorosa.

Cassandra se preguntó, a juzgar por los sonidos, si él también la estaba azotando, aunque ella hubiera pensado que el estrangulamiento hubiera sido una mejor opción.

El semidemonia sostuvo su cabeza en sus manos y miró a los otros edificios cercanos.

Sería difícil llegar allí, pero valdría la pena.

Aunque, al estar más lejos de la villa, puede que no ayude mucho.

¿Cuánto tiempo se mantendrán así estos dos idiotas?

Por fin, justo cuando estaba empezando a pensar en formas de matarlos que pudieran evitar causar una atención no deseada, el hombre dejó escapar un fuerte gemido, y la pareja cayó en un silencio feliz.

Cassandra se quitó las manos de las orejas y volvió a mirar por el balcón.

Para mala suerte, los invitados parecían irse.

Cualquier información más que pudiera haber obtenido ya se había ido para siempre.

Quería golpear el techo con frustración, pero eso habría hecho un ruido, alertando a la ahora silenciosa pareja de abajo.

No había, sospechaba, nada más que aprender.

Así que, tan rápida y silenciosamente como pudo, se escabulló de nuevo hacia la pared del fondo para bajar de nuevo.

Cuanto antes saliera de aquí, mejor.

Mientras se agachaba, escuchó la voz penetrante por última vez.

"Oooh, diablos, lo hacemos otra vez ...?"

CAPÍTULO VIII
ADRIANA

Los enanos habían estado en Tarantia el tiempo suficiente para haber construido su propio barrio en la ciudad.

A pesar de haber vivido en la ciudad toda su vida, era un área en la que Conan rara vez había estado.

A diferencia de los elfos, los enanos rara vez hacían magia, y el espíritu unido y prudente de su cultura le daba pocas razones para visitarles.

De hecho, Lady Yasimina probablemente estaba más familiarizada con el distrito que él, debido a sus armeros de calidad.

Y con ellos estaba Snagg, por supuesto.

Mirando a su alrededor a los edificios de bloques con sus pequeñas ventanas, casi se preguntó por qué se había ofrecido voluntario para venir.

Pero, si tuvieran que obtener planos de las ruinas debajo de la ciudad, su conocimiento de la historia antigua de Tarantia podría ayudar, junto con la sensación natural de Snagg para la arquitectura y la piedra.

Sin embargo, también sentía que los enanos eran personas amables, aunque lejos de la naturaleza despreocupada y amante de la diversión de los elfos, o incluso, en cierta medida, de los duendes.

Era la naturaleza de su cultura: Eran maestros artesanos, dedicando todo su tiempo en un trabajo dedicado a mejorar su arte, sin dejar tiempo para la alegría.

Lady Yasimina estaba abriendo el camino mientras caminaban por las calles enanas, dispuestas en una cuadrícula cuadrada, tan regular y monótona como los edificios a su alrededor.

Como paladín, probablemente aprobó la aportación de los enanos, e incluso Conan tuvo que admitir que eran personas honorables y valientes.

Snagg había salvado su propia vida más de una vez.

La noche anterior, Yasimina había invitado a algunos amigos suyos del templo de Ymir para una agradable velada de comida y conversación en el patio.

No habían discutido la amenaza aparente para la ciudad, pero los del Templo eran aliados potenciales si alguna vez los necesitaban.

Valeria también había traído una amiga, llamada Onna, pero él sabía lo suficiente sobre las mujeres para decir que ella no se sentía atraída por él.

Sin embargo, con un interés más inmediato, al menos desde el punto de vista de Conan, la joven escudera elfa del Templo había estado muy bonita, incluso vestida en el blanco liso de su orden.

Era una pena que, como mujer que daba sus primeros pasos en el camino hacia el paladín, se había resistido a sus intentos de coquetear con ella.

Al menos ella no parecía ofendida, y la esperanza de que un día terminara entre las sábanas con ella no era, pensó, completamente descabellada.

Pero no es que hubiera alguna posibilidad de eso aquí, reflexionó.

Incluso las mujeres enanas que no eran tan prudentes, apenas se acercaban a su imagen de una compañera de cama ideal.

***

Su destino, cuando llegaron, era, tenía que admitirlo, bastante diferente de los edificios sosos que lo rodeaban.

Era más alto, con diferencia, con puertas de una altura convenientemente humana.

Contramarcos ornamentados flanqueaban sus paredes, con ventanas arqueadas de vitrales que representan imágenes de castillos y torres, yunques y martillos.

Un escudo de armas estaba sobre la entrada principal, tallado en piedra con un cuidado exquisito.

Cuando los enanos querían mostrar su habilidad, ciertamente podían.

Para esto estaba el Gremio de masones de Tarantia, una profesión dominada por enanos, aunque también con algunos duendes y humanos.

Aquí, esperaban encontrar las respuestas que buscaban, con la ayuda de algunos de los contactos de Snagg.

El guerrero enano, como Conan sabía, no era nativo de la ciudad, habiendo venido de las montañas al sur.

Había venido aquí en busca de fortuna y, como parte de la banda de aventureros, él la había encontrado, en general.

Pero, aun así, había establecido algunos vínculos con los lugareños, a pesar de sus diferentes clanes, aparentemente un aspecto importante de la cultura enana, por lo que él entendía.

Los tres subieron los escalones y cruzaron las puertas que daban al vestíbulo.

El edificio había sido claramente construido pensando en los humanos, pero mostraba un ambiente enano inconfundible.

El piso del vestíbulo era de mármol pulido, revestido por columnas que se elevaban hasta un techo adornado con forma de caverna.

Tallas de piedra se alineaban en las paredes, mostrando las diversas etapas de construcción de un gran edificio, y las barandillas de la escalera del piso superior estaban revestidas con metal brillante.

Un enano que llevaba una especie de librea gris se acercó al grupo y habló brevemente con Snagg, antes de desaparecer dentro del edificio.

El trío esperó cortésmente, mirando el arte exhibido por los constructores, hasta que el enano de librea regresó con otra persona y retomó su puesto junto a la puerta de nuevo.

El recién llegado era otro enano, obviamente, un hombre bastante joven, con un cabello castaño y grueso y una barba relativamente corta.

Estaba vestido con sólidos tonos tierra, con las pesadas botas favorecidas por su raza y unos pocos anillos de oro y plata en sus dedos.

Evidentemente, era un artesano próspero, aunque probablemente demasiado joven para tener su propio negocio todavía.

"Snagg!" dijo, estrechando formalmente la mano del guerrero, "es bueno verte de nuevo. Debes presentarme a tus compañeros".

"Rimir, estos son mis compañeros; Lady Yasimina y Conan, un mago. Yasimina, Conan, este es Rimir, un jefe artesano del Clan de Bardalf".

El guerrero no pudo evitar notar la formalidad del fraseo, aunque no fue demasiado largo y florido.

Había un claro protocolo aquí, pero al menos no nos aburrieron con él.

"Tenemos un asunto comercial que discutir, alguna información que pueda tener que quizá pueda ayudarnos".

"Por supuesto", contestó el enano más joven, "mi padre y yo estábamos llevando a cabo un negocio propio, pero está casi completo, y ustedes pueden unirse a nosotros. Luego podemos hablar sobre su propio asunto". Él sonrió, claramente un tipo amistoso y abierto para su carrera, y abrió el camino hacia la puerta de la que había salido.

Al otro lado de la puerta había un pasillo con varias salas alrededor, salas de reuniones aparentemente para los artesanos y sus clientes estuvieran tranquilos.

Entraron en una de las habitaciones que, como el resto del edificio, tenían paredes de piedra tallada con frisos, en lugar de tapices o paneles de madera.

Había varias sillas, algunas adecuadas para humanos y otras para enanos, y una larga mesa con algunos pergaminos.

Una vidriera con una imagen de un puente permitía una abundante luz en la habitación.

A un lado de la mesa, frente a la ventana, había un enano más viejo, con el pelo canoso, una larga barba trenzada y un grueso brazalete plateado y una hebilla de cinturón adornada con un peón que indicaba su alto estatus.

Había una enana joven a su lado y al dejar de mirar a la otra enana, los ojos de Conan se dirigieron inmediatamente a la tercera persona en la habitación, evidentemente el cliente del artesano.

Parecía tener unos treinta años de edad, y era una mujer humana con un vestido largo de color azul oscuro y verde.

Calculó que era de una altura ligeramente superior a la media para el caso de los humanos, lo que la hacía elevarse mucho sobre los enanos de la habitación.

Tenía un largo cabello rubio arenoso, atado en una cola de caballo que se extendía hasta la mitad de su espalda, y una cara esbelta con labios rojos y ojos azules.

Su piel era pálida y de aspecto suave, con algunas pecas pálidas dispersas en sus pómulos.

Estaba inclinada sobre la mesa cuando ellos llegaron, recogiendo algunos de los pergaminos, aunque el corte alto de su vestido no le permitía ver nada más que el contorno de sus pechos y la curva de sus caderas.

Levantó la vista cuando entraron, su mirada aparentemente no era más que simple curiosidad.

"Saludos", dijo el enano más viejo, de pie rígido, "Soy Othan das Bardalf, maestro albañil y arquitecto. Esta", indicó a la enana restante, "es mi hija Astrid, y este es la comerciante Adriana, con quien tenemos un negocio entre manos."

Snagg presentó a sus compañeros por segunda vez, y luego Yasimina se adelantó, estrechando brevemente la mano de Othan y manteniendo su propia postura formal.

"Somos aventureros, maestro albañil, que recuperamos los tesoros perdidos de las catacumbas ocultas. Solicitamos su ayuda en una cuestión de conocimiento arquitectónico y nos inclinamos ante su experiencia".

Conan pensó que todo era un poco exagerado, pero Othan parecía impresionado.

Al parecer se habían observado las formalidades correctas.

"Por favor, únanse a nosotros", dijo, indicando las sillas en el lado opuesto de la mesa.

Ante la mención de los aventureros, los ojos de Adriana parecieron ensancharse un poco, y miró al grupo, como curiosa, sus ojos descansando en Snagg primero, y luego en el guerrero.

Daba la impresión de que se creía que se quedaban allí un poco más del tiempo necesario, y ella parecía un poco acalorada.

Después de todo tal vez podía haber algo para ganar con esta visita, más allá de un poco de información...

"Hay ..." Adriana comenzó, deteniéndose ligeramente como si no supiera qué decir, "solo algo que necesito aclarar, pero no molestaré. ¿Les importa si me quedo un momento?" Miró de Othan a Yasimina, pero fue Conan quien respondió primero.

"En absoluto", dijo, "no tardaremos en acabar".

Yasimina le lanzó una mirada perpleja, hasta que de repente se dio cuenta de cuál debía ser su razón.

Su rostro se contrajo un poco, pero no dijo nada, mirando al maestro albañil.

Cuando él también dio su consentimiento, la mercader humana retiró una silla de la mesa y la movió hacia la pared más alejada, detrás de los enanos, donde ella podía ver a los aventureros, pero no parecía ser directamente parte de la discusión.

Todos se sentaron, tres de ellos a cada lado de la mesa.

Adriana estaba sentada cerca de la ventana, algo en sombra, pero los ojos del guerrero pasaron rápidamente hacia ella sobre las cabezas de los enanos.

Afortunadamente, Yasimina parecía tener toda su atención en los negocios, pero sospechaba que no aprobarían ningún flirteo en este caso.

De hecho, no estaba seguro de cómo funcionaría el cortejo con los enanos, aunque sospechaba que llevaría bastante tiempo.

"Estamos interesados en la historia pasada de la ciudad y su arquitectura antigua", comenzó Yasimina, "en particular, las ruinas subterráneas. Esperábamos poder conseguir aquí algún tipo de información sobre ellas... como curiosidades históricas, o como evitar construir por encima de ellas, ¿puede ser que tengan alguna información de este tipo?

"Tenemos cierto conocimiento, por supuesto", dijo Othan, "pero esta no es información que normalmente compartimos con forasteros y menos humanos. Esta no solo es una información del gremio, en parte, sino también una cuestión de clan ... este tipo de conocimiento es difícil de obtener, y no es fácilmente cedido a nuestros rivales ".

Conan pensó que estaba siendo un poco evasivo.

¿Acaso tenían alguna idea de la amenaza que tenían las ruinas subterráneas, o al menos un indicio de que podría haber algo malo allí, algo que no querían comentar con nadie?

Era posible, al menos, pero Yasimina era la negociadora del grupo.

Ella y Snagg juntos deberían poder obtener lo que necesitaban de los albañiles enanos.

Si alguien podía hacerlo eran ellos.

Y así, entonces se encontró con su mente divagando un poco, obviamente sobre el tema de la comerciante humana.

Adriana ciertamente se veía un poco acalorada.

En realidad, no parecía estar prestando demasiada atención a la conversación, sino que parecía estar muy concentrada en sus propios pensamientos.

Volvió a mirar a los aventureros, y el guerrero estaba bastante seguro de que se la veía excitada ahora, ya que sus ojos se ensancharon involuntariamente, y tenía las manos juntas, como para evitar revelar su interés.

Para Conan, sin embargo, era bastante obvio.

Sus ojos se posaron en los suyos por un momento, y él la miró a los ojos, antes de barrerlos deliberadamente para admirar todo lo que se podía ver de su cuerpo tras la mesa.

Era delgada, con pechos grandes y elevados y un cuello largo.

Era difícil decirlo a esta distancia, pero él creyó ver unas cuantas gotas de transpiración en su frente, debajo de su corto cabello.

Sus ojos estaban muy abiertos y sus cejas enarcadas, y él estaba seguro de que ella lo estaba evaluando tanto como él lo hacía.

Luego miró hacia un lado, hacia Snagg, tal vez para ver si los otros dos habían notado su interés, pero parecía que no, porque pronto miró de nuevo hacia Conan, con una expresión ahora astuta.

Se sentía seguro de que ella estaba planeando ahora una forma de estar juntos ... solo tenía que encontrar una manera de darle la oportunidad, sin que los enanos se sintieran ofendidos por lo que estaba pasando frente a sus narices.

Sosteniendo su mirada, ella separó sus labios y se pasó la lengua alrededor de ellos, dándole una clara mirada de "ven aquí".

Ahora confiaba en que no había leído mal ninguno de los signos, no, estaba seguro de no haberlo hecho, ya que había tenido muchas posibilidades de hacerlo, y porque podía leer bien a las mujeres.

Él le sonrió, esperando que ella entendiera su aceptación, y volvió su atención a la conversación.

Podría, después de todo, ser importante.

"Bajo estas las circunstancias ..." estaba diciendo Othan, "hay algunos detalles que podríamos brindarles, pero no aquí. Mañana por la noche, ya que Rimir y yo debemos irnos a un sitio antes. Astrid tendría que manejarlo para ustedes. Pero deben entender que esta es información enana, y solo podemos dársela a Snagg. Confiamos en tu criterio, amigo mío ", agregó, volviéndose hacia el guerrero enano," pero debes decidir cómo compartir esto, ya que, si es para ti, no estamos rompiendo ningún vínculo, pero debe ser para ti, y solo para ti. Confío en que lo entiendas..."

Antes de que pudiera responder, Conan se sorprendió ya que Adriana se levantó de repente.

"Me he dado cuenta de que debo irme", dijo, "lamento mucho la interrupción, pero, en cualquier caso, no debería entrometerme más. ¿Si pudiera hablar un poco con Astrid antes de irme?"

Othan parecía ligeramente irritado, pero hizo un gesto a su hija, y ella se levantó y caminó hacia el rincón más alejado, donde susurró con Adriana por un rato, más allá del alcance del oído del guerrero.

No le había prestado mucha atención a la mujer enana hasta ahora, ya que ella no había hablado ni una sola vez durante la conversación con Yasimina, o, desde luego, desde que él había entrado en la habitación.

Parecía joven, aunque no era bastante muy seguro lo que significaba esto para un enano.

Llevaba un vestido azul grisáceo con un dobladillo falda que casi se arrastraba por el suelo.

Su grueso collar de plata y oro, y el brazalete alrededor de su muñeca izquierda, eran claramente el producto de una artesanía enana muy experta.

Era rubia, con el pelo en trenzas y tenía la piel pálida tan típica de su raza.

Sin tener en cuenta su constitución robusta y sus brazos y piernas más bien gruesos, él suponía que ella podría ser considerada bastante atractiva, y tal vez los hombres enanos pensaban que era así.

Se le ocurrió que Snagg iba a estar sola en una casa con ella esta noche, y con su familia lejos.

Si hubiera sido él, y si ella hubiera sido humana o élfica, estaba seguro de cómo terminaría esta noche.

Pero tal y como estaban las cosas, no podía imaginar que algo sucediera en absoluto.

Los enanos, sospechaba, perdían incluso oportunidades de oro como esa, y probablemente esa era la razón por la que Othan no parecía preocupado por la perspectiva.

Estaba más preocupado del asunto de que Adriana estaba a punto de irse sin darle ningún medio de contacto con ella de nuevo, pero luego se dio cuenta de que todo lo que le estaba diciendo a Astrid estaba haciendo que la enana se sonrojara, y mirara a su familia, que afortunadamente estaba mirando a otro lado en ese momento, ya que habían vuelto a conversar con Snagg.

Probablemente, pensó, tampoco hacía falta mucho para que se sonrojara un enano, pero cuando vio que la comerciante le entregaba un trozo de pergamino a Astrid y mirando a su vez al propio Conan, él ya estaba seguro de lo que ella le había dicho.

Incluso la mujer enana, al parecer, fue capaz de interpretar el propósito detrás de la nota, ya que vio cómo se sintió avergonzada con solo aceptarlo.

En su cultura, simplemente no se hacían las cosas así.

Tras lo cual, Adriana se fue, cerrando la puerta detrás de ella y volviendo a la sala del clan.

Astrid se dirigió de nuevo a la mesa, con la nota agarrada con una mano detrás de su espalda, donde los demás no podían verla, mientras sus ojos estaban cabizbajos y parecían aún más reservados que antes.

Lo que hubiera dicho Snagg al parecer se había encontrado con la aprobación del enano mayor, ya que se estaban estrechando la mano, y la conversación había derivado hacia asuntos más sociales.

El enano guerrero obviamente conocía a la familia, y ahora que el negocio había terminado, quería hablar de ello.

Sin nada más que lo distrajera ahora, Conan se vio obligado a escuchar lo que a él le parecían terriblemente tediosos relatos de clanes enanos y sus asuntos, pero supuso que el enano guerrero tenía muy pocas oportunidades de conversar con gente de su propia clase, por lo que no le molestó que ahora que tenía una oportunidad de hacerlo, lo hiciera.

Eventualmente, todos se levantaron.

Los enanos ahora parecían más amigables y menos formales que antes.

Tal vez serían aliados útiles, después de todo.

Cuando se fueron, Astrid apresuradamente presionó el trozo de pergamino en su mano, mirando a su alrededor para asegurarse de que no la habían visto.

Después de que se fue, desplegó la nota y la leyó.

Era la dirección de una casa en la parte humana de la ciudad, y con la fecha de mañana apuntada.

***

Snagg llegó a la casa del maestro albañil poco después del atardecer.

Para él pasear por las calles ordenadas del barrio de los enanos era mucho más fácil que por las callejuelas sinuosas del resto de Tarantia, recordándole un poco a la gran ciudad subterránea de su tierra natal.

No le había sorprendido que Othan solo hubiera aceptado entregar los planes a un compañero enano.

Había muchas cosas que no debían ser compartidas con forasteros.

Pero, si hubiera una amenaza aquí, tendría que lidiar con ella, sin importar el costo.

Sabía que el viaje sería rápido.

Solo tenía que recoger los documentos que habían preparado, y luego irse.

Conan, por el contrario, había salido con una sonrisa tranquila en su rostro, y no volvería antes del amanecer.

Toda la preocupación humana y de los elfos por tales cosas le parecía un tanto impropia para él, y era bueno estar entre las personas que sabían que no debían hablar de tales asuntos.

Astrid, afortunadamente, lo entendería.

Probablemente, Conan ya tenía esa clase de pensamientos sucios sobre lo que podría pasar en la casa del maestro albañil esta noche, pero, de ser así, difícilmente podría estar más equivocado.

Astrid era, sin duda, bastante atractiva, pero ella era un poco joven para él, y, de todos modos, habría tenido que hacer muchos arreglos por su parte si él hubiera querido cortejarla.

Los enanos, a diferencia de los humanos o los elfos, simplemente no actuaban así, y era un signo de confianza que Othan y Rimir ni siquiera se habían molestado en preocuparse por tales cosas.

El hecho de que dos personas del sexo opuesto estuvieran juntas en el mismo edificio no significaba necesariamente que trataran de ... bueno, procrear.

La casa tenía el aspecto típico de la mayoría de las otras que estaban cerca, pero el ojo experto de Snagg podía discernir la calidad más alta de la piedra, como correspondía a un enano del estatus y la profesión de Othan.

También era un poco más grande, con un techo de pizarra inclinado, un signo de la riqueza de la familia de comerciantes.

Llamó a la puerta y se preparó para anunciar su nombre y propósito cuando Astrid abrió la puerta.

Solo que, no era Astrid; era Adriana.

Snagg estaba desconcertado, e inmediatamente alerta.

¿No debería estar con Conan ahora?

¿O había malinterpretado lo que el guerrero estaba haciendo esta noche?

Parecía poco probable, conociéndolo, pero, por supuesto, siempre existía la posibilidad de que hubiera conocido a alguien más por otra parte.

Adriana era obviamente una amiga de confianza del clan Bardalf, y de Othan en particular, y, de hecho, incluso había escuchado su nombre antes.

Era una comerciante que a menudo trabajaba con enanos, ayudando a vender sus productos en el mercado humano, especialmente más allá de Tarantia.

Así que, por lo que él sabía, podía confiar en ella.

Sin embargo, su presencia aquí era extraña, por decir lo menos, y él se había dado cuenta de que ella había pasado un tiempo evaluando a los aventureros cuando ellos llegaron.

Conan podría haber pensado que solo lo estaba mirando a él, con su mente a veces con un solo pensamiento, pero Snagg también se había encontrado bajo su mirada.

¿Qué quería ella realmente?

"Snagg", dijo, "entra. Acabábamos de terminar de comer. Me encanta la cocina enana. Por cierto, todos los documentos están listos para ti en la planta baja. O eso me han dicho, al parecer, ¡no se me permite verlos! "

Parecía plausible, pero de alguna manera sus palabras no parecían del todo ciertas.

Ella estaba escondiendo algo, pero ¿qué?

Solo llevaba una daga, ya que no servía para vagar por las calles de la ciudad con armadura completa y armas, pero era una grande, y era competente en su uso.

Subrayó subrepticiamente su mano hacia ella, listo para agarrarla si era necesario, pero sin embargo entró en la casa.

Estaban rodeados por compañeros enanos, y esta debería ser una parte segura de la ciudad ... pero algo extraño estaba sucediendo, algo que no entendía del todo.

Y, como guerrero, solo había una forma de prepararse para eso.

En el interior, la casa estaba dispuesta en el típico estilo enano.

La planta baja estaba ligeramente hundida debajo del nivel de la calle, una habitación individual que ocupaba la mayor parte del espacio, con una cocina detrás y escaleras de caracol de piedra que subían hasta el piso superior.

Adriana, sin embargo, inmediatamente se dirigió a las escaleras que bajaban, como si esperara que lo siguiera.

Por supuesto, las casas de los enanos, incluso en ciudades humanas, tenían sótanos sustanciales, pero ¿por qué no entregar los documentos aquí?

¿Y dónde estaba Astrid?

La siguió por los escalones, e inmediatamente notó un olor extraño.

Era picante, picante un poco como incienso, pero nada que pudiera identificar.

Su mano estaba en su daga ahora, alerta al peligro.

No era el olor de los orcos, ni nada tan peligroso, de hecho, incluso parecía bastante agradable.

Pero estaba fuera de lugar aquí, y eso era lo que le preocupaba.

"Por aquí", dijo la comerciante, y él entró en una habitación, con la mano aún en la daga.

Estaba oscuro, con solo un pequeño brasero para la iluminación, pero sus ojos estaban naturalmente adaptados a la tenue luz, y pronto distinguió los detalles.

Era un dormitorio, en el típico estilo de sótano de muchos enanos, donde podían dormir rodeados de roca sólida.

Más importante aún, Astrid no estaba aquí.

Se volvió, solo para descubrir que Adriana había cerrado la puerta, y ahora estaba apoyada contra su interior, bloqueando la única salida.

Con una mano, encendió una lámpara de pie sobre una mesita de noche y la luz amarilla se derramó por la habitación.

El olor era más fuerte ahora, haciéndolo sentir extraño.

Su aroma le hormigueaba en la nariz, y lo hacía sentir caliente, casi sudoroso, como si hubiera comido una comida picante.

Esto nublaba sus pensamientos, pero no lo hacía sentirse débil o enfermo.

De hecho, se sentía bastante capaz, enérgico.

"¿Qué está pasando aquí?" Dijo con los dientes apretados, medio tirando la daga.

Ella estaba desarmada, y no había nadie más en la habitación.

No sería una pelea difícil, si se tratara de eso, y, por lo que él sabía, ella ni siquiera era una maga.

Parecía poco probable que estuviera tratando de atacarlo o encarcelarlo, entonces, ¿cuál era exactamente su plan?

"No hay necesidad del cuchillo", dijo Adriana, todavía apoyada contra la puerta, "no estás en ningún peligro. Admito que soy un poco deshonesta ... pero es tu amigo Conan quien se va a decepcionar, no tú. Ahora mismo, él debería estar recogiendo los documentos de Astrid, lo cual, me temo, no fue exactamente lo que lo llevó a pensar que estaría haciendo. Te habría dado los documentos yo misma, pero ella realmente insistía en aferrarse a ellos. Incluso si ... bueno, ella no los está dando a quién dijo que daría ".

Snagg frunció el ceño, tratando de ignorar el olor que ahora se daba cuenta de que tenía que venir del pequeño brasero.

"Eso no responde a mi pregunta: ¿qué estás haciendo? ¿Para qué me quieres?"

"Ah, sí", dijo ella, sonrojándose levemente, a menos que el incienso también la afectara, "esa es la pregunta".

Ella tragó un poco, y puso una mano detrás de su espalda.

Snagg se puso ligeramente rígido, pero él la había visto mientras la seguía escaleras abajo; no tenía nada escondido allí, a menos que fuera particularmente pequeño.

¿Una aguja?, tal vez, pero seguramente no mucho más.

"He trabajado con enanos durante mucho tiempo", dijo, aún sin llegar al punto: un rasgo humano muy molesto. "Y he desarrollado un cariño real por tu gente. No estoy mintiendo cuando digo que me gusta la cocina enana, por cierto. Pero hay algo enano que casi no he tenido la oportunidad de probar".

Estaba jugando con algo detrás de su espalda, pero fuera lo que fuera, él no lo podía ver.

Lo extraño era que ella no parecía agresiva.

Nerviosa, quizás, pero incluso más que eso, emocionada.

Su tono de voz era casi amistoso, no amenazador.

Snagg realmente no podía entender su comportamiento en absoluto.

"Los hombres enanos son fuertes, poderosos, con esos brazos y cuerpos musculosos", continuó, con una voz extrañamente ronca de repente. ¿Qué tenía eso que ver con...? y luego su pensamiento se detuvo allí, cuando se dio cuenta de lo que estaba haciendo detrás de ella.

Ella estaba deshaciendo los cordones en la parte posterior de su vestido.

Ella deslizó un brazo fuera de él, y luego el otro, tirándolo hacia abajo sobre sus caderas, para juntarse éste a sus pies.

Debajo, llevaba un largo turno blanco, casi sin mangas, con un escote profundo.

"¿Ahora entiendes para qué estás aquí?" ella preguntó, "y, por supuesto, ¿por qué necesitaba el engaño? Sin él, nunca podría haber tenido la oportunidad".

Él podría haber corrido hacia la puerta, entonces, pero tendría que haberla quitado del camino.

Y, como llevaba ropa que ya no era del todo decente, tocarla podría causarle una impresión equivocada.

Además, todo lo que tenía que hacer era negarse.

Realmente era así de simple ... ¿no?

"Pero ... eres humana", dijo, horrorizado por su enfoque descarado. "No ... ciertamente no con ... si conoces a mi gente, ¡debes saber esto! Es solo que ..." balbuceó, incapaz de pensar en qué más decir.

"¿No me encuentras nada atractiva?" dijo bromeando, quitándose los zapatos y avanzando desde la puerta, la delgado combinación aferrándose a sus curvas para luego inclinarse ligeramente hacia adelante para mostrar su escote.

"No seas ... quiero decir que eres ...", intentó protestar, para explicar que ella tenía la forma incorrecta, la altura incorrecta, que su mandíbula era demasiado redonda, su cintura demasiado delgada y sus extremidades, demasiado largas.

Pero, traidoramente, comenzó a sentir una agitación en sus entrañas, mirándola.

Las curvas de su cuerpo eran diferentes, pero de alguna manera agradables.

Nunca antes se había sentido así con una mujer humana, y no podía imaginar por qué lo sentía ahora.

Estaba sudando, y su daga se deslizó de su mano dubitativa, deslizándose de nuevo en su vaina.

¿Qué le estaba pasando?

Él no se había movido del lugar donde estaba, y ella continuó avanzando hacia él.

Él podía correr alrededor de ella ahora, pero por alguna razón sentía que no podía moverse.

No era una parálisis literal, pero su mente estaba agitada, incapaz de pensar correctamente.

Ella lo alcanzó, de pie justo a pocos pasos delante de él.

Su nivel de visión estaba un poco por encima de su ombligo, el abdomen delgado y alargado de una mujer humana.

Mantuvo sus ojos fijos al frente, apretando y aflojando las manos, tratando de llegar a una decisión sobre cómo actuar.

Ella se arrodilló, su cara ahora más o menos al mismo nivel que él, sus ojos azules muy abiertos por la emoción, sus labios ligeramente separados.

Evitó mirar hacia abajo, hacia esa combinación de corte bajo, y maldijo la sensación en su ingle que le hizo querer hacer eso.

"No creo que estés siendo completamente sincero", dijo, "y no es que yo haya sido el ejemplo de la honestidad hoy, lo admito. Pero ahora, veamos ..."

Ella se adelantó, al nudo en la parte superior de su túnica de cuero sin mangas acolchada, hábilmente lo deshace y luego se la empuja hacia atrás, sobre sus brazos, hasta que cae sobre el suelo de piedra detrás de él.

Volvió a apretar las manos, queriendo empujarla, pero sin querer hacerlo al mismo tiempo.

Sabía que esto no estaba bien y que podía detenerla en cualquier momento, pero parecía incapaz de hacerlo.

Ella estaba levantando su camisa ahora, levantándola sobre su pecho, y aun así no se resistía, aunque sabía que debería haberlo hecho.

Se la puso sobre la cabeza y la tiró, y él retrocedió un paso involuntariamente, como si el repentino movimiento hubiera aclarado su cabeza por un momento.

Parpadeó, mientras una gota de sudor caía por un lado de su cara.

El olor del incienso era ... sí, seguramente tenía que ser eso, ¡se dio cuenta de repente!

"¿Un afrodisíaco?" dijo bruscamente, señalando con la cabeza hacia el brasero.

"Ah, sí ... ya ves, pensé que podrías necesitar un poco de aliciente. Una relajación de esas famosas inhibiciones enanas. Pero no puede hacer que hagas lo que no quieres. Si realmente te sientes rechazado por mí, te sentirás caliente, y eso sería todo lo que pasaría".

Sus ojos viajaron por todo su cuerpo, ahora desnudo de cintura para arriba.

"De hecho eres musculoso", dijo ella, con su voz ronca de nuevo, "te ves muy masculino, Snagg".

Extendió la mano, casi con cautela, y le acarició el pecho, pasando los dedos por el cabello y los músculos firmes de sus pectorales.

Él sintió que su erección crecía, ahora casi tirando contra el material firme de sus tiras.

Tuvo que resistirse, tuvo que ...

Cerró los ojos, apartando de su mente la imagen del cuerpo de ella apenas vestido.

Seguramente, si él no respondía a sus caricias, ¿entonces ella se iría?

Hubo un susurro de tela, pero ella no lo acarició otra vez, y él mantuvo sus ojos firmemente cerrados.

"¿No quieres mirar?" Dijo ella, y a pesar de sí mismo, él miró.

Ella se había retirado de su combinación, arrodillada ante él y ahora no llevaba nada más que un par de prendas de ropa interior de seda mucho más cortas que cualquier cosa que cualquier mujer enana pudiera usar.

Su cintura era delgada, un cuerpo liso y sin pelo, más con forma de reloj de arena que la de un enano.

Sus pechos colgaban sueltos ahora, los pezones rosados completamente hinchados.

Sus ojos se centraron en un puñado de pecas pálidas en sus hombros y clavícula, luego forzó su mirada hacia arriba y hacia otro lado, hacia su cara.

"Creo que te gusto, ¿no? Y eso no puede ser simplemente el perfume. No funciona así".

Ella ahuecó sus pechos, pasando sus manos sobre ellos, frotando los pezones hinchados, mientras sus ojos traidores observaban cada movimiento.

Su erección se sentía enorme ahora, incontrolable.

¿Seguramente esto tendría que terminar pronto?

"No estoy ..." comenzó, tratando de explicar, para hacerla ver el poco sentido de la situación. "Eres humana, y soy un enano. ¡Simplemente no puedo!"

"Hmm ..." dijo ella, "no me parece que sea así".

De repente, ella se agachó y agarró su entrepierna, ahuecando su erección hinchada a través del suave cuero, apretando sus bolas ligeramente mientras lo hacía.

Él gruñó involuntariamente, incapaz de evitarlo.

Su polla se sentía como si quisiera estallar.

"No, eso pensé", dijo ella, simplemente.

Las palabras estaban más allá de él ahora, no podía pensar en nada que decir.

No había forma de que pudiera negar que su cuerpo estaba respondiendo como lo haría con cualquier mujer enana, sin importar su vergüenza personal.

Tal vez, pensó, ella había mentido sobre el poder del perfume afrodisíaco, tal vez inspiraba pensamientos que de otra manera no habría tenido una persona normal.

Tal vez incluso funcionaba de forma diferente en su propia raza que en los humanos.

En el fondo, sin embargo, sabía que eso no era cierto.

Él permaneció inmóvil, todavía de pie, rígido, mientras ella desataba su cinturón, dejándolo caer, con la daga, al suelo.

Sus dedos alcanzaron el cordón en sus tiras, y finalmente él se movió, agarrando su muñeca.

"No ..." logró decir, casi un graznido.

"No creo que quieras decir eso en serio", dijo, "y he llegado demasiado lejos para rendirme ahora".

Ella levantó su mano izquierda, lentamente, moviéndola hacia donde él sostenía la otra.

Con delicadeza le apartó la mano de las tiras, y esta vez él permaneció inmóvil, sus ojos miraban su mano como si estuviera fascinado, pero no haciendo nada para detenerla.

Con un poco de torpeza, ella desató el cordón, y su mano derecha se liberó de su agarre ya sudoroso y rápidamente debilitado.

Agarró uno de los lados de sus calzones y, con un solo movimiento, tiró de ellos y bajó su ropa interior hacia sus rodillas.

Su polla saltó, al fin libre, saliendo de la espesa masa de vello púbico.

Ella no dijo nada al principio, sus ojos fijos en el premio.

Se estremeció, mientras la culpa y la vergüenza se alzaban dentro de él, pero incapaz de controlar la poderosa lujuria que sentía.

Ella extendió la mano, y él gruñó con los dientes apretados mientras tomaba su polla con una mano, deslizándose a lo largo de sus bolas hasta la punta, pasando su pulgar sobre su prepucio.

"Es totalmente de tamaño humano", susurró ella, "me había preguntado como la tendrías".

Ella lo soltó y se puso de pie, llevando que los ojos de él estuvieran al nivel de la base de su pecho de nuevo.

Esta vez levantó la vista, a pesar de sí mismo, observando cómo subían y bajaban sus pechos, justo por encima de la altura de su cabeza.

Con otro movimiento rápido, se quitó las últimas prendas de ropa restante, y luego se apartó de él, caminando hacia la cama.

Se subió a ella, descansando hacia adelante sobre sus manos y rodillas, sus pechos colgando y sus nalgas levantadas en el aire.

La cama enana era demasiado corta para ella, por supuesto, e incluso en esa posición, sus pies se extendían sobre la tabla baja de la base.

Su trasero estaba hacia él, y ella separó sus largas piernas, revelando su vulva rosada e hinchada.

Estaba casi sin pelo allí abajo, y él podía ver su humedad a la luz de la luz de la lámpara.

Ella respiraba pesadamente, sus pechos se movían hacia arriba y hacia abajo mientras lo hacía.

"La puerta no está cerrada", le dijo, aunque nunca se le había ocurrido que podría estarlo. "Puedes irte ahora, y nadie lo sabrá nunca. O puedes cumplir mi sueño más salvaje. Esa", continuó, con una pizca de arrepentimiento, "es tu elección ahora".

Miró a la puerta, y la ropa reunida a su alrededor.

Sería tan fácil volver a jalar sus prendas y marcharse.

Pero en ese momento supo que no quería hacerlo.

Dio un grito corto y sin palabras, y se agachó para quitarse las botas, llevándose consigo la última ropa.

Desnudo, corrió por la habitación y saltó sobre la parte posterior de la cama.

¿Cómo se atreve ella a tratarlo así? ¡Ahora se lo iba a demostrar!

Se puso de pie en el colchón y la miró a la espalda, a la cola de caballo en parte a través de su cuerpo y luego colgando a un lado.

Ella volvió la cabeza hacia él, mirando hacia atrás, primero a su propia cara, como si estuviera evaluando sus emociones, y luego a su polla abultada, ahora levantándose justo por encima de sus nalgas.

"Sí ..." dijo ella, la palabra casi atrapada en su garganta.

Agarró su cintura con ambas manos, sintiendo la suave piel humana, y la alzó al nivel de sus caderas.

Sus rodillas se levantaron para liberarse de la cama mientras lo hacía, y ella aprovechó la oportunidad para mover sus pies sobre la cama, presionando sus dedos contra la tabla de madera para apoyarse.

"No te burles de un guerrero enano", le dijo con firmeza, "o sentirás su lanza".

Miró hacia abajo a su húmedo coño, su palpitante polla apenas a una pulgada de distancia, y luego la atrajo de repente hacia él, empujando sus caderas hacia adelante en el mismo movimiento, hundiéndose profundamente dentro de su coño.

Ella gritó, un fuerte grito de puro placer.

Su propia excitación era intensa, la sensación de su coño blando alrededor de su polla incluso mejor de lo que había imaginado.

Él salió, luego la empujó una y otra vez, agarrando sus caderas con fuerza, clavando sus dedos en sus nalgas redondas.

Adriana dejó escapar un largo gemido propio, con los ojos muy abiertos por la pasión, con el sudor goteando por su frente.

Al principio, sus gruñidos eran sin palabras, casi agresivos en su tenor, pero luego volvió a encontrar su voz.

"Tú ... sentirás ... lo que ... significa ..." jadeó, empujando su polla hinchada una y otra vez en su apretado calor, "estar con ... un enano ... y ... un humano ... no te ... podrá satisfacer ... así ... otra vez ".

Ni siquiera estaba seguro de si ella podía oírlo, ya que sus gemidos de placer eran ahora muy fuertes y prolongados.

Él continuó golpeándose contra ella, musculosos brazos y nalgas trabajando al unísono para empalarla.

Sus senos temblaron, todo su cuerpo se sacudió con la fuerza de su acción.

Sus piernas temblaban, pero todavía sosteniéndose, presionando con fuerza contra la cama, mientras su polla se metía dentro y fuera de su húmedo coño.

Se sintió a punto de liberarse y aumentó aún más el ritmo de su bombeo, provocando aún más gemidos de éxtasis de la boca abierta de Adriana.

Por fin, lanzó un viejo grito de guerra enano, y con un último empujón, se sintió correrse, chorreando su semen enano caliente en su vagina humana y débil.

Su coño se convulsionó, agarrándolo mientras se sacudía en los espasmos de su propio orgasmo repentino, hasta que por fin ambos se derrumbaron en un montón de cuerpos agotados y sudorosos.

LA HISTORIA CONTINUARÁ EN EL VOLUMEN: CONAN EL BÁRBARO TERCERA PARTE

www.ingramcontent.com/pod-product-compliance
Lightning Source LLC
LaVergne TN
LVHW101952220826
846093LV00006B/193